我们生来孤单，

无数的历史和无限的时间因破碎而成片断。

记忆与印象

史铁生 著

人民文学出版社

图书在版编目（CIP）数据

记忆与印象／史铁生著；刘佳景插图 .－－北京：人民文学出版社，2024
ISBN 978－7－02－018545－0

Ⅰ.①记… Ⅱ.①史… ②刘… Ⅲ.①散文集－中国－当代 Ⅳ.①I267

中国国家版本馆CIP数据核字（2024）第041666号

策划编辑　杨　柳
责任编辑　刘　稚
装帧设计　刘　静
责任印制　王重艺

出版发行　人民文学出版社
社　　址　北京市朝内大街166号
邮政编码　100705

印　　刷　三河市鑫金马印装有限公司
经　　销　全国新华书店等

字　　数　102千字
开　　本　850毫米×1168毫米　1/32
印　　张　6.5　插页16
印　　数　1—20000
版　　次　2024年1月北京第1版
印　　次　2024年7月第1次印刷

书　　号　978-7-02-018545-0
定　　价　48.00元

如有印装质量问题，请与本社图书销售中心调换。电话：010-65233595

史铁生：我希望写作是一块梦境般自由的时间

目 录

记忆与印象·一

1・轻轻地走与轻轻地来 …………… 3
2・消逝的钟声 ………………………… 10
3・我的幼儿园 ………………………… 16
4・二姥姥 ……………………………… 26
5・一个人形空白 ……………………… 32
6・叛逆者 ……………………………… 42
7・老家 ………………………………… 51
8・庙的回忆 …………………………… 62
9・九层大楼 …………………………… 78

记忆与印象·二

1·重病之时 ················ 89
2·八子 ···················· 93
3·看电影 ·················· 106
4·珊珊 ···················· 117
5·小恒 ···················· 127
6·老海棠树 ················ 137
7·孙姨和梅娘 ·············· 142
8·M的故事 ················· 150
9·B老师 ··················· 157
10·庄子 ··················· 167
11·比如摇滚与写作 ········· 181
12·想念地坛 ··············· 199

记忆与印象·一

　　关于往日,我能写的,只是我的记忆和印象。我无意追踪史实。我不知道追踪到哪儿才能终于追踪到史实;追踪所及,无不是记忆和印象。有位大物理学家说过:"物理学不告诉我们世界是什么,而是告诉我们关于世界我们能够谈论什么。"这话给了我胆量。

1·轻轻地走与轻轻地来

现在我常有这样的感觉：死神就坐在门外的过道里，坐在幽暗处，凡人看不到的地方，一夜一夜耐心地等我。不知什么时候它就会站起来，对我说：嘿，走吧。我想那必是不由分说。但不管是什么时候，我想我大概仍会觉得有些仓促，但不会犹豫，不会拖延。

"轻轻地我走了，正如我轻轻地来"——我说过，徐志摩这句诗未必牵涉生死，但在我看，却是对生死最恰当的态度，作为墓志铭真是再好也没有。

死，从来不是一次性完成的。陈村有一回对我说：人是一点一点死去的，先是这儿，再是那儿，一步一步终于完成。

他说得很平静，我漫不经心地附和，我们都已经活得不那么在意死了。

　　这就是说，我正在轻轻地走，灵魂正在离开这个残损不堪的躯壳，一步步告别着这个世界。这样的时候，不知别人会怎样想，我则尤其想起轻轻地来的神秘。比如想起清晨、晌午和傍晚变幻的阳光，想起一方蓝天，一个安静的小院，一团扑面而来的柔和的风，风中仿佛从来就有母亲和奶奶轻声的呼唤……不知道别人是否也会像我一样，由衷地惊讶：往日呢？往日的一切都到哪儿去了？

　　生命的开端最是玄妙，完全的无中生有。好没影儿的忽然你就进入了一种情况，一种情况引出另一种情况，顺理成章天衣无缝，一来二去便连接出一个现实世界。真的很像电影，虚无的银幕上，比如说忽然就有了一个蹲在草丛里玩耍的孩子，太阳照耀着他，照耀着远山、近树和草丛中的一条小路。然后孩子玩腻了，沿小路蹒跚地往回走，于是又引出小路尽头的一座房子，门前正在张望他的母亲，埋头于烟斗或报纸的父亲，引出一个家，随后引出一个世界。孩子只是跟随这一系列情况走，有些一闪即逝，有些便成为不可更改的历史，以及不可更改的历史的原因。这样，终于有一天孩子会想起开端的玄妙：无缘无故，正如先哲所言——人是被抛到这个世界上来的。

其实，说"好没影儿的忽然你就进入了一种情况"和"人是被抛到这个世界上来的"，这两句话都有毛病，在"进入情况"之前并没有你，在"被抛到这世界上来"之前也无所谓人——不过这应该是哲学家的题目。

对我而言，开端，是北京的一个普通四合院。我站在炕上，扶着窗台，透过玻璃看它。屋里有些昏暗，窗外阳光明媚。近处是一排绿油油的榆树矮墙，越过榆树矮墙远处有两棵大枣树，枣树枯黑的枝条镶嵌进蓝天，枣树下是四周静静的窗廊——与世界最初的相见就是这样，简单，但印象深刻。复杂的世界尚在远方，或者，它就蹲在那安恬的时间四周窃笑，看一个幼稚的生命慢慢睁开眼睛，萌生着欲望。

奶奶和母亲都说过：你就出生在那儿。

其实是出生在离那儿不远的一家医院。生我的时候天降大雪。一天一宿罕见的大雪，路都埋了，奶奶抱着为我准备的铺盖蹚着雪走到医院，走到产房的窗檐下，在那儿站了半

记忆与印象

宿，天快亮时才听见我轻轻地来了。母亲稍后才看见我来了。奶奶说，母亲为生了那么个丑东西伤心了好久，那时候母亲年轻又漂亮。这件事母亲后来闭口不谈，只说我来的时候"一层黑皮包着骨头"，她这样说的时候已经流露着欣慰，看我渐渐长得像回事了。但这一切都是真的吗？

　　我蹒跚地走出屋门，走进院子，一个真实的世界才开始提供凭证。太阳晒热的花草的气味，太阳晒热的砖石的气味，阳光在风中舞蹈、流动。青砖铺成的十字甬道连接起四面的房屋，把院子隔成四块均等的土地，两块上面各有一棵枣树，另两块种满了西番莲。西番莲顾自开着硕大的花朵，蜜蜂在层叠的花瓣中间钻进钻出，嗡嗡地开采。蝴蝶悠闲飘逸，飞来飞去，悄无声息仿佛幻影。枣树下落满移动的树影，落满细碎的枣花。青黄的枣花像一层粉，覆盖着地上的青苔，很滑，踩上去要小心。天上，或者是云彩里，有些声音，有些缥缈不知所在的声音——风声？铃声？还是歌声？说不清。很久我都不知道那到底是什么声音，但我一走到那块蓝天下面就听见了它，甚至在襁褓中就已经听见它了。那声音清朗，欢欣，悠悠扬扬，不紧不慢，仿佛是生命固有的召唤，执意要你去注意他，去寻找他、看望他，甚或去投奔他。

我迈过高高的门槛，艰难地走出院门，眼前是一条安静的小街，细长、规整，两三个陌生的身影走过，走向东边的朝阳，走进西边的落日。东边和西边都不知通向哪里，都不知连接着什么，唯那美妙的声音不惊不懈，如风如流……

我永远都看见那条小街，看见一个孩子站在门前的台阶上眺望。朝阳或是落日弄花了他的眼睛，浮起一群黑色的斑点，他闭上眼睛，有点儿怕，不知所措，很久，再睁开眼睛，啊好了，世界又是一片光明……有两个黑衣的僧人在沿街的房檐下悄然走过……几只蜻蜓平稳地盘桓，翅膀上闪动着光芒……鸽哨声时隐时现，平缓，悠长，渐渐地近了，扑噜噜飞过头顶，又渐渐远了，在天边像一团飞舞的纸屑……这是件奇怪的事，我既看见我的眺望，又看见我在眺望。

那些情景如今都到哪儿去了？那时刻，那孩子，那样的心情，惊奇和痴迷的目光，一切往日情景，都到哪儿去了？它们飘进了宇宙，是呀，飘去五十年了。但这是不是说，它们只不过飘离了此时此地，其实它们依然存在？

记忆与印象

梦是什么？回忆，是怎么一回事？

倘若在五十光年之外有一架倍数足够大的望远镜，有一个观察点，料必那些情景便依然如故，那条小街，小街上空的鸽群，两个无名的僧人，蜻蜓翅膀上的闪光和那个痴迷的孩子，还有天空中美妙的声音，便一如既往。如果那望远镜以光的速度继续跟随，那个孩子便永远都站在那条小街上，痴迷地眺望。要是那望远镜停下来，停在五十光年之外的某个地方，我的一生就会依次重现，五十年的历史便将从头上演。

真是神奇。很可能，生和死都不过取决于观察，取决于观察的远与近。比如，当一颗距离我们数十万光年的星星实际早已熄灭，它却正在我们的视野里度着它的青年时光。

时间限制了我们，习惯限制了我们，谣言般的舆论让我们陷于实际，让我们在白昼的魔法中闭目塞听不敢妄为。白昼是一种魔法，一种符咒，让僵死的规则畅行无阻，让实际消磨掉神奇。所有的人都在白昼的魔法之下扮演着紧张、呆板的角色，一切言谈举止，一切思绪与梦想，都仿佛被预设的程序所圈定。

因而我盼望夜晚，盼望黑夜，盼望寂静中自由的到来。

甚至盼望站到死中，去看生。

我的躯体早已被固定在床上，固定在轮椅中，但我的心魂常在黑夜出行，脱离开残废的躯壳，脱离白昼的魔法，脱离实际，在尘嚣稍息的夜的世界里游逛，听所有的梦者诉说，看所有放弃了尘世角色的游魂在夜的天空和旷野中揭开另一种戏剧。风，四处游走，串联起夜的消息，从沉睡的窗口到沉睡的窗口，去探望被白昼忽略了的心情。另一种世界，蓬蓬勃勃，夜的声音无比辽阔。是呀，那才是写作啊。至于文学，我说过我跟它好像不大沾边儿，我一心向往的只是这自由的夜行，去到一切心魂的由衷的所在。

2·消逝的钟声

站在台阶上张望那条小街的时候，我大约两岁多。

我记事早。我记事早的一个标记，是斯大林的死。有一天父亲把一个黑色镜框挂在墙上，奶奶抱着我走近看，说：斯大林死了。镜框中是一个陌生的老头儿，突出的特点是胡子都集中在上唇。在奶奶的涿州口音中，"斯"读三声。我心想，既如此还有什么好说，这个"大林"当然是死的呀！我不断重复奶奶的话，把"斯"读成三声，觉得有趣，觉得别人竟然都没有发现这一点，可真是奇怪。多年以后我才知道，那是一九五三年，那年我两岁。

终于有一天奶奶领我走下台阶，走向小街的东端。我一直猜想那儿就是地的尽头，世界将在那儿陷落、消失——因为太阳从那儿爬上来的时候，它的背后好像什么也没有。谁料，那儿更像是一个喧闹的世界的开端。那儿交叉着另一条小街，那街上有酒馆，有杂货铺，有油坊、粮店和小吃摊。因为有小吃摊，那儿成为我多年之中最向往的去处。那儿还有从城外走来的骆驼队。"什么呀，奶奶？""啊，骆驼。""干吗呢，它们？""驮煤。""驮到哪儿去呀？""驮进城里。"驼铃一路丁零当啷丁零当啷地响，骆驼的大脚蹚起尘土，昂首挺胸目空一切，七八头骆驼不紧不慢招摇过市，行人和车马都给它让路。

我望着骆驼来的方向问："那儿是哪儿？"

奶奶说："再往北就出城啦。"

"出城了是哪儿呀？"

"是城外。"

"城外什么样儿？"

"行了，别问啦！"

我很想去看看城外，可奶奶领我朝另一个方向走。我说"不，我想去城外"，我说"奶奶我想去城外看看"，我不走了，蹲在地上不起来。奶奶拉起我往前走，我就哭。"奶奶带你去个更好玩儿的地方不好吗?那儿有好些小朋友……"我不听,一路哭。

　　越走越有些荒疏了,房屋零乱,住户也渐渐稀少。沿一道灰色的砖墙走了好一会儿,进了一个大门。啊,大门里豁然开朗完全是另一番景象:大片大片寂静的树林,碎石小路蜿蜒其间。满地的败叶在风中滚动,踩上去吱吱作响。麻雀和灰喜鹊在林中草地上蹦蹦跳跳,坦然觅食。我止住哭声。我平生第一次看见了教堂,细密如烟的树枝后面,夕阳正染红了它的尖顶。

　　我跟着奶奶进了一座拱门,穿过长廊,走进一间宽大的房子。那儿有很多孩子,他们坐在高大的桌子后面,只能露出脸。他们在唱歌。一个穿长袍的大胡子老头儿弹响风琴,琴声飘荡,满屋子里的阳光好像也随之飞扬起来。奶奶拉着我退出去,退到门口。唱歌的孩子里面有我的堂兄,他看见了我们,但不走过来,唯努力地唱歌。那样的琴声和歌声我从未听过,宁静又欢欣,一排排古旧的桌椅、沉暗的墙壁、高阔的屋顶也似都活泼起来,与窗外的晴空和树林连成一气。那一刻的感受我终生难忘,仿佛有一股温柔又强劲的风吹透了我的身体，一下子钻进我的心中。后来奶奶常对别人说："琴声一响，这孩子就傻了似的不哭也不闹了。"我多么羡慕我的堂兄，羡慕所有那些孩子，羡慕那一刻的光线与声音，有形与无形。我呆呆地站着，徒然地睁大眼睛，其实不能听也不能看了，有个懵懂的东西第一次被惊动了——那也许就是灵魂吧。后来的事都记不大清了，好像那个大胡子的老头儿走过来摸了摸我的头，然后光线就暗下去，屋子里的孩子都没有了，再后来我和奶奶又走在那片树林里了，还有我的堂兄。堂兄把一个纸袋撕开，掏出一个彩蛋和几颗糖果，说是幼儿园给的圣诞礼物。

这时候，晚祷的钟声敲响了——唔，就是这声音，就是它！这就是我曾听到过的那种缥缥缈缈响在天空里的声音啊！

"它在哪儿呀，奶奶？"

"什么，你说什么？"

"这声音啊，奶奶，这声音我听见过。"

"钟声吗？啊，就在那钟楼的尖顶下面。"

这时我才知道，我一来到世上就听到的那种声音就是这教堂的钟声，就是从那尖顶下发出的。暮色浓重了，钟楼的

记忆与印象

尖顶上已经没有了阳光。风过树林,带走了麻雀和灰喜鹊的欢叫。钟声沉稳、悠扬、飘飘荡荡,连接起晚霞与初月,扩展到天的深处,或地的尽头……

不知奶奶那天为什么要带我到那儿去,以及后来为什么再也没去过。

不知何时,天空中的钟声已经停止,并且在这块土地上长久地消逝了。

多年以后我才知道,那教堂和幼儿园在我们去过之后不久便都拆除。我想,奶奶当年带我到那儿去,必是想在那幼儿园也给我报个名,但未如愿。

再次听见那样的钟声是在四十年以后了。那年,我和妻子坐了八九个小时飞机,到了地球另一面,到了一座美丽的城市。一走进那座城市我就听见了它,在清洁的空气里,在透彻的阳光中和涌动的海浪上面,在安静的小街,在那座城市的所有地方,随时都听见它在自由地飘荡。我和妻子在那钟声中慢慢地走,认真地听它,我好像一下子回到了童年,整个世界都好像回到了童年。对于故乡,我忽然有了新的理解:人的故乡,并不止于一块特定的土地,而是一种辽阔无

那时刻,那孩子,那样的心情、惊奇和痴迷的目光,一切往日情景,都到哪儿去了?

《轻轻地走与轻轻地来》

比的心情,不受空间和时间的限制;这心情一经唤起,就是你已经回到了故乡。

3·我的幼儿园

五岁,或者六岁,我上了幼儿园。有一天母亲跟奶奶说:"这孩子还是得上幼儿园,要不将来上小学会不适应。"说罢她就跑出去打听,看看哪个幼儿园还招生。用奶奶的话说,她从来就这样,想起一出是一出。很快母亲就打听到了一所幼儿园,刚开办不久,离家也近。母亲跟奶奶说时,有句话让我纳闷儿:那是两个老姑娘办的。

母亲带我去报名时天色已晚,幼儿园的大门已闭。母亲敲门时,我从门缝朝里望:一个安静的院子,某一处屋檐下放着两只崭新的木马。两只木马令我心花怒放。母亲问我:"想不想来?"我坚定地点头。开门的是个老太太,她把我们引进一间小屋,小屋里还有一个老太太正在做晚饭。小屋里除两张床之外只放得下一张桌子和一个火炉。母亲让我管胖些并且戴眼镜的那个叫孙老师，管另一个瘦些的叫苏老师。

我很久都弄不懂，为什么单要把这两个老太太叫老姑娘。我问母亲："奶奶为什么不是老姑娘？"母亲说："没结过婚的女人才是老姑娘，奶奶结过婚。"可我心里并不接受这样的解释。结婚嘛，不过发几块糖给众人吃吃，就能有什么特别的作用吗？在我想来，女人年轻时都是姑娘，老了就都是老太太，怎么会有"老姑娘"这不伦不类的称呼？我又问母亲："你给大伙儿买过糖了吗？"母亲说："为什么？我为什么要给大伙儿买糖？""那你结过婚吗？"母亲大笑，揪揪我的耳朵："我没结过婚就敢有你了吗？"我越糊涂了，怎么又扯上我了呢？

这幼儿园远不如我的期待。四间北屋甚至还住着一户人家，是房东。南屋空着。只东西两面是教室，教室里除去一块黑板连桌椅也没有，孩子们每天来时都要自带小板凳。小板凳高高低低，二十几个孩子也是高高低低，大的七岁，小的三岁。上课时大的喊小的哭，老师呵斥了这个哄那个，基本乱套。上课则永远是讲故事。"上回讲到哪儿啦？"孩子们齐声回答："大——灰——狼——要——吃——小——山——羊——啦！"通常此刻必有人举手，憋不住尿了，或者其实已经尿完。一个故事断断续续要讲上好几天。"上回讲到哪儿啦？""不——听——话——的——小——山——羊——被——吃——掉——啦！"

下了课一窝蜂都去抢那两只木马，你推我搡，没有谁能真正骑上去。大些的孩子于是发明出另一种游戏，"骑马打仗"：一个背上一个，冲呀杀呀喊声震天，人仰马翻者为败。两个老太太——还是按我的理解叫她们吧——心惊胆战满院子里追着喊："不兴这样，可不兴这样啊，看摔坏了！看把刘奶奶的花踩了！"刘奶奶，即房东，想不懂她怎么能容忍在自家院子里办幼儿园。但"骑马打仗"正是热火朝天，这边战火方歇，那边烽烟又起。这本来很好玩，可不知怎么一来，又有了惩罚战俘的规则。落马者仅被视为败军之将岂不太便宜了？所以还要被敲脑崩儿，或者连人带马归顺敌方。这样就又有了叛徒，以及对叛徒的更为严厉的惩罚。叛徒一旦被捉回，就由两个人押着，倒背双手"游街示众"，一路被人揪头发、拧耳朵。天知道为什么这惩罚竟比"骑马打仗"本身更具诱惑了,到后来,无需"骑马打仗",直接就玩起这惩罚的游戏。可谁是被惩罚者呢?便涌现出一两个头领,由他们说了算,他们说谁是叛徒谁就是叛徒,谁是叛徒谁当然就要受到惩罚。于是,人性,在那时就已暴露:为了免遭惩罚,大家纷纷去效忠那一两个头领,阿谀,谄媚,唯比成年人来得直率。可是!可是这游戏要玩下去总是得有被惩罚者呀。可怕的日子终于到了。可怕的日子就像增长着的年龄一样,必然来临。

做叛徒要比做俘虏可怕多了。俘虏尚可表现忠勇,希望未来;叛徒则是彻底无望,忽然间大家都把你抛弃了。五岁或者六岁,我已经见到了人间这一种最无助的处境。这时你唯一的祈祷就是那两个老太太快来吧,快来结束这荒唐的游戏吧。但你终会发现,这惩罚并不随着她们的制止而结束,这惩罚扩散进所有的时间,扩散到所有孩子的脸上和心里。轻轻的然而是严酷的拒斥,像一种季风,细密无声从白昼吹入夜梦,无从逃脱,无处诉告,且不知其由来,直到它忽然转向。如同莫测的天气,莫测的命运,忽然放开你,调头去捉弄另一个孩子。

我不再想去幼儿园。我害怕早晨,盼望傍晚。我开始装

记忆与印象

病,开始想尽办法留在家里跟着奶奶,想出种种理由不去幼儿园。直到现在,我一看见那些哭喊着不要去幼儿园的孩子,心里就发抖,设想他们的幼儿园里也有那样可怕的游戏,响晴白日也觉有鬼魅徘徊。

幼儿园实在没给我留下什么美好印象。倒是那两个老太太一直在我的记忆里,一个胖些,一个瘦些,都那么慈祥,都那么忙碌、慌张。她们怕哪个孩子摔了碰了,怕弄坏了房东刘奶奶的花,总是吊着一颗心。但除了这样的怕,我总觉得,在她们心底,在不易觉察的慌张后面,还有另外的怕。另外的怕是什么呢?说不清,但一定更沉重。

长大以后我有时猜想她们的身世。她们可能是表姐妹,也可能只是自幼的好友。她们一定都受过良好的教育——她们都弹得一手好风琴,似可证明。我刚到那幼儿园的时候,就总听她们向孩子们许愿:"咱们就要买一架风琴了,幼儿园很快就会有一架风琴了,慢慢儿地幼儿园还会添置很多玩具呢,小朋友们高不高兴呀?""高——兴!"就在我离开那儿之前不久,风琴果然买回来了。两个老太太视之如珍宝,把它轻轻抬进院门,把它上上下下擦得锃亮,把它安放在教室中最醒目的地方，孩子们围在四周屏住呼吸，然后苏老师和孙老师互相推让，然后孩子们等不及了开始喊喊嚓嚓地乱说，然后孙老师在风琴前庄重地坐下，孩子们的包围圈越收越紧，然后琴声响了孩子们欢呼起来，苏老师微笑着举起一个手指："嘘——嘘——"满屋子里就又都静下来，孩子们忍住惊叹可是忍不住眼睛里的激动……那天不再讲故事，光是听苏老师和孙老师轮流着弹琴，唱歌。那时我才发觉她们与一般的老太太确有不同，脸上的每一条皱纹里都涌现着天真。那琴声我现在还能听见。现在，每遇天真纯洁的事物，那琴声便似一缕缕飘来，在我眼前，在我心里，幻现出一片阳光，像那琴键一样地跳动。我想她们必是生长在一个很有文化的家庭。我想她们的父母一定温文尔雅善解人意。她们就在那样的琴声中长大，虽偶有轻风细雨，但总归晴天朗照。这样的女人，年轻时不可能不对爱情抱着神圣的期待，甚至难免极端，不入时俗。她们窃窃描画未来，相互说些脸红心跳的话。所谓未来，主要是一个即将不知从哪儿向她们走来的男人。这个人已在书中显露端倪，在装帧精良的文学名著里面若隐若现。不会是言情小说中的公子哥，可能会是，比如说托尔斯泰笔下的人物，但绝不是渥伦斯基或卡列宁一类。然而，对未来

记忆与印象

的描画总不能清晰，不断地描画年复一年耗损着她们的青春。用"革命人民"的话说：她们真正是"小布尔乔亚"之极，在那风起云涌的年代里做着与世隔绝的小资产阶级温情梦。大概会是这样。也许就是这样。假定是这样吧。但是忽然！忽然间社会天翻地覆地变化了。那变化具体是怎样侵扰到她们的生活的，很难想象，但估计也不会有什么过于特别的地方，像所有衰败的中产阶级家庭一样，小姐们唯惊恐万状、睁大了眼睛发现必须要过另一种日子了。颠沛流离，投亲靠友，节衣缩食，随波逐流，像在失去了方向的大海上体会着沉浮与炎凉……然后，有一天时局似乎稳定了，不过未来明显已不能再像以往那样任性地描画。以往的描画如同一沓精心保存的旧钞，虽已无用，但一时还舍不得扔掉，独身主义大约就是在那时从无奈走向了坚定。她们都还收藏着一点儿值钱的东西，但全部集中起来也并不很多，算来算去也算不出什么万全之策，唯知未来的生活全系于此。就这样，现实的严峻联合起往日的浪漫，终于灵机一动：办一所幼儿园吧。天真烂漫的孩子就是鼓舞，就是信心和欢乐。幼儿园吗？对，幼儿园！与世无争，安贫乐命，倾余生之全力浇灌并不属于我们的未来，是吗？两个老姑娘仿佛终于找回了家园，云遮雾障半个多世纪，她们终于听见了命运慷慨的应许。然后她们租了一处房子，简单粉刷一下，买了两块黑板和一对木马，其余的东西都等以后再说吧，当然是钱的问题……

小学快毕业的时候，我回那幼儿园去看过一回。果然，转椅、滑梯、攀登架都有了，教室里桌椅齐备，孩子也比以前多出几倍。房东刘奶奶家已经迁走。一个年轻女老师在北屋的廊下弹着风琴，孩子们在院子里随着琴声排练节目。一间南屋改作厨房，孩子们可以在幼儿园用餐了。那个年轻女老师问我："你找谁？"我说："苏老师和孙老师呢？""她们呀？已经退休了。"我回家告诉母亲，母亲说哪是什么退休呀，是她们的出身和阶级成分不适合教育工作。后来"文革"开始了，又听说她们都被遣送回原籍。

"文革"进行到无可奈何之时，有一天我在街上碰见孙老师。她的头发有些乱，直着眼睛走路，仍然匆忙、慌张。我叫了她一声，她站住，茫然地看我。我说出我的名字："您不记得我了？"她脸上死了一样，好半天，忽然活过来："啊，是你呀！哎呀哎呀，那回可真是把你给冤枉了呀。"我故作惊讶状:"冤枉了?我?"其实我已经知道她指的是什么。"可事后你就不来了。苏老师跟我说,这可真是把那孩子的心伤重了吧?"

那是我临上小学前不久的事。在东屋教室门前,一群孩子往里冲,另一群孩子顶住门不让进,并不为什么,只是一种游戏。我在要冲进来的一群中,使劲推门,忽然门缝把我的手指夹住了,疼极之下我用力一脚把门踹开,不料把一个女孩儿撞得仰面朝天。女孩儿鼻子流血,头上起了个包,不停地哭。苏老师过来哄她,同时罚我的站。我站在窗前看别的孩子们上课,心里委屈,就用蜡笔在糊了白纸的窗棂上乱画,画一个老太太,在旁边注明一个"苏"字。待苏老师发现时,雪白的窗棂已布满一个个老太太和一个个"苏"。苏老师颤抖着嘴唇,只说得出一句话:"那可是我和孙老师俩人糊了好几天的呀……"此后我就告别了幼儿园,理由是马上就要上小学了。其实呢,我是不敢再见那窗棂。

孙老师并没有太大变化,唯头发白了些,往日的慈祥也都并入慌张。我问:"苏老师呢,她好吗?"孙老师抬眼看我的头顶,揣测我的年龄,然后以对一个成年人的语气轻声对我说:"我们都结了婚,各人忙各人的家呢。"我以为以我的年龄不合适再问下去,但从此心里常想,那会是怎样的男人和怎样的家呢?譬如说,与她们早年的期待是否相符?与那阳光似的琴声能否和谐?

4·二姥姥

由于幼儿园里的那两个老太太,我总想起另一个女人。不不,她们之间从无来往,她与孙老师和苏老师素不相识。但是在我的印象里,她总是与她们一起出现,仿佛彼此的影子。

这女人,我管她叫"二姥姥"。不知怎么,我一直想写写她。

可是,真要写了,才发现,关于二姥姥我其实知道得很少。她不过在我的童年中一闪而过。我甚至不知道她的名字,母亲在世时我应该问过,但早已忘记。母亲去世后,那个名字就永远地熄灭了;那个名字之下的历史,那个名字之下的愿望,都已消散得无影无踪,如同从不存在。我问过父亲:

"我叫二姥姥的那个人,叫什么名字?"父亲想了又想,眼睛盯在半空,总好像马上就要找到了,但终于还是没有。我又问舅舅,舅舅忘得同样彻底。舅舅唯影影绰绰地听说过,她死于"文革"期间。舅舅惊讶地看着我:"你还能记得她?"

这确实有些奇怪。我与她见面,总共也不会超过十次。我甚至记不得她跟我说过什么,记不得她的声音。她是无声的,黑白的,像一道影子。她穿一件素色旗袍,从幽暗中走出来,迈过一道斜阳,走近我,然后摸摸我的头,理一理我的头发,纤细的手指在我的发间穿插,轻轻地颤抖。仅此而已,其余都已经模糊。直到现在,直到我真要写她了,其实我还不清楚为什么要写她,以及写她的什么。

她不会记得我。我是说,如果她还活着,她肯定也早就把我的名字忘了。但她一定会记得我的母亲。她还可能会记得,我的母亲那时已经有了一个男孩。

母亲带我去看二姥姥,肯定都是我六岁以前的事,或者更早,因为上幼儿园之后我就再没见过她。她很漂亮吗?算不上很,但还是漂亮,举止娴静,从头到脚一尘不染。她住在北京的哪儿我也记不得了,印象里是个简陋的小院,简陋但是清静，什么地方有棵石榴树，飘落着鲜红的花瓣，她住在院子拐角处的一间小屋。唯近傍晚，阳光才艰难地转进那间小屋，投下一道浅淡的斜阳。她就从那斜阳后面的幽暗中出来，迎着我们。母亲于是说："叫二姥姥，叫呀！"我叫："二姥姥。"她便走到我跟前，摸摸我的头。我看不到她的脸，但我知道她脸上是微笑，微笑后面是惶恐。那惶恐并不是因为我们的到来，从她手上冰凉而沉缓的颤抖中我明白，那惶恐是在更为深隐的地方，或是由于更为悠远的领域。那种颤抖，精致到不能用理智去分辨，唯凭孩子混沌的心可以洞察。

也许，就是这颤抖，让我记住她。也许，关于她，我能够写的也只有这颤抖。这颤抖是一种诉说，如同一个寓言可以伸展进所有幽深的地方，出其不意地令人震撼。这颤抖是一种最为辽阔的声音，譬如夜的流动，毫不停歇。这颤抖，随时间之流拓开着一个孩子混沌的心灵，连接起别人的故事，缠绕进丰富的历史，漫漶成种种可能的命运。恐怕就是这样。所以我记住她。未来，在很多令人颤抖的命运旁边，她的影像总是出现，仿佛由众多无声的灵魂所凝聚，由所有被湮灭的心愿所举荐。于是那纤细的手指历经沧桑总在我的发间穿插、颤动，问我这世间的故事都是什么，故事里面都有谁？

　　二姥姥比母亲大不了几岁。她叫母亲时，叫名字。母亲从不叫她，什么也不叫，说话就说话，避开称谓。母亲不停地跟她说这说那，她简单地应答。母亲走来走去搅乱着那道斜阳，二姥姥仿佛静止在幽暗里，素色的旗袍与幽暗浑成一体，唯苍白的脸表明她在。一动一静，我以此来分辨她们俩。母亲或向她讨教裁剪的技巧，把一块布料在身上比来比去，或在许多彩色的丝线中挑拣，在她的指点下绣花、绣枕头和手帕。有时候她们像在讲什么秘密，目光警惕着我，我走近时她们的声音就小下去。

　　好像只有这些。对于二姥姥，我能够描述的就只有这些。她的内心，除了母亲，不大可能还有另外的人知道。但母亲，曾经并不对谁说。

　　很多年中，我从未想过二姥姥是谁，是我们家的怎样一门亲戚。有一天，毫无缘由地（也可能是我想到，有好几年母亲没带我去看二姥姥了），我忽然问母亲："二姥姥，她是你的什么人？"母亲似乎猝不及防，一时嗫嚅。我和母亲的目光在离母亲更近的地方碰了一下，我于是看出，我问中了一件非同寻常的事。母亲于是也明白,有些事,不能再躲藏了。

"啊,她是……嗯……"

我不说话,不打断她。

"是你姥爷的……姨太太。你知道,过去……这样的事是有的。"

我和母亲的目光又轻轻地碰了一下,这一回是在离我更近的地方。唔,这就是母亲不再带我去看她的原因吧。

"现在,她呢?"我问。

"不知道。"母亲轻轻地摇头,叹气。

"也许她不愿意我们再去看她,"母亲说,"不过这也好。"

母亲又说:"她应该嫁人了。"

我听不出"应该"二字是指必要,还是指可能。我听不出母亲这句话是宽慰还是忧虑。

"文革"中的一天,母亲从外面回来,对父亲说她在公共汽车上好像看见了二姥姥。

"你肯定没看错?"

母亲不回答。母亲洗菜,做饭,不时停下来呆想,说:

那一刻的感受我终生难忘,仿佛有一股温柔又强劲的风吹透了我的身体,一下子钻进我的心中。

《消逝的钟声》

"是她，没错儿是她。她肯定也看见我了，可她躲开了。"

父亲沉吟了一会儿，安慰母亲："她是好意，怕连累咱们。"

母亲叹息道："唉，到底谁连累谁呢……"

那么就是说，这之后不久二姥姥就死了。

5·一个人形空白

我没见过我应该叫他"姥爷"的那个人。他死于我出生前的一次"镇反"之中。

小时候我偶尔听见他,听见"姥爷"这个词,觉得这个词后面相应地应该有一个人。"他在哪儿?""他已经死了。"这个词于是相应地有了一个人形的空白。时至今日,这空白中仍填画不出具体的音容举止。因此我听说他就像听说非洲,就像听说海底或宇宙黑洞,甚至就像听说死;他只是一个概念,一团无从接近的虚缈的飘动。

但这虚缈并不是无。就像风,风是什么样子?是树的摇动,云的变幻,帽子被刮跑了,或者眼睛让尘沙迷住……因而,姥爷一直都在。任何事物都因言说而在,不过言说也可以是沉默。那人形的空白中常常就是母亲的沉默,是她躲闪的目光和言谈中的警惕,是奶奶救援似的打岔,或者无奈中父亲的谎言。那人形的空白里必定藏着危险,否则为什么它一出现大家就都变得犹豫、沉闷,甚至惊慌?那危险,莫名但是确凿,童年也已感到了它的威胁。所以我从不多问,听凭童年在那样一种风中长大成中国人的成熟。

但当有一天,母亲郑重地对我讲了姥爷的事,那风还是显得突然与猛烈。

那是我刚刚迈进十五岁的时候,早春的一个午后,母亲说:"太阳多好呀,咱们干吗不出去走走?有件事我想得跟你说了。"母亲这么说的时候我已经猜到,那危险终于要露面了。满天的杨花垂垂挂挂,随风摇荡,果然,在那明媚的阳光中传来了那一声枪响。那枪声沉闷之极。整个谈话的过程中,"姥爷"一词从不出现,母亲只说"他",不用解释我听得懂那是指谁。我不问,只是听。或者其实连听也没听,那枪声隐匿多年终于传进这个下午,懵懵懂懂我知道了童年已不可挽留。童年,在这一时刻漂流进一种叫作"历史"的东西里去了,永不复返。

母亲艰难地讲着,我唯默默地走路。母亲一定大感意外:

记忆与印象

这孩子怎么会这么镇静?我知道她必是这样想,她的目光在我脸上小心地摸索。我们走过几里长的郊区公路,车马稀疏,人声遥远,满天都是杨花,满地都是杨花的尸体。那时候别的花都还没开,田野一片旷然。

随后的若干年里,这个人,偶尔从亲戚们谨慎的叹息之中跳出来,在那空白里幽灵似的闪现,犹犹豫豫期期艾艾,更加云遮雾罩面目难清——

他死的时候还不到五十岁吧?别说他没想到,老家的人谁也没想到……

那年他让日本人抓了去,打得死去活来,这下大伙儿才知道他是个抗日的呀……

后来听说有人把他救了出去。没人知道去了哪儿。日本投降那年,有人说又看见他了,说他领着队伍进了城。我们跑到街上去看,可不是吗?他骑着高头大马跟几个军官走在队伍前头……

老人们早都说过,从小就看他是个人才,上学的时候门门儿功课都第一……可惜啦,他参加的是国民党,这国民党可把给他害了……

　　这个人呀，那可真叫是先知先觉！听说过他在村儿里办幼儿园的事吗？自己筹款弄了几间房，办幼儿园，办夜校，挨家挨户去请人家来上课，孩子们都去学唱歌，大人都得去识字，我还让他叫去给夜校讲过课呢……

　　有个算命的说过，这人就是忒能了，刚愎自用，惹下好些人，就怕日后要遭小人算计……

　　快解放时他的大儿子从外头回来，劝他快走，先到别的地方躲躲，躲过这阵子再说，他不听嘛……他说我又没贪赃枉法欺压百姓，共产党顺天意得民心那好嘛，我让位就是，可是你们记住，谁来了我也不跑。我为什么要跑？

　　后来其实没他什么事了，他去了北京，想着是弃政从商踏踏实实做生意去。可是，据说是他当年的一个属下，给他编造了好些个没影儿的事。唉，做人呀，什么时候也不能太得罪了人……

　　其实，只要躲过了那几天，他不会有什么大事，怎么说也不能有死罪……直到大祸临头他也没想到过他能有死罪……抓他的时候他说：行啊，我有什么罪就服什么刑去。

　　…………

记忆与印象

　　这里面必定隐匿着一个故事,悲惨的,或者竟是滑稽的故事。但我没有兴致去考证。我不想去调查、去搜集他的行迹。从小我就不敢问这个故事,现在还是不敢——不敢让它成为一个故事。故事有时候是必要的,有时候让人怀疑。故事难免为故事的要求所迫:动人心弦,感人泪下,起伏跌宕,总之它要的是引人入胜。结果呢,它仅仅是一个故事了。一些人真实的困苦变成了另一些人编织的愉快,一个时代的绝望与祈告变成了另一个时代的潇洒的文字调遣。不能说这不正当,但其间总似拉开着一个巨大的空当,从中走漏了更要紧的东西。

　　不是更要紧的情节,也不是更要紧的道理,是更要紧的心情。

　　因此,不敢问,是这个隐匿的故事的要点。

　　"姥爷"这个词,留下来的不是故事,而是一个隐匿的故事,是我从童年到少年一直到青年的所有惧怕。我记得我从小就蹲在那片虚缈、飘动的人形空白下面,不敢抬头张望。所有童年的游戏里面都有它的阴影,所有的睡梦里都有它的嚣叫。我记得我一懂事便走在它的恐怖之中,所有少年的期待里面都有它在闪动，所有的憧憬之中都有它黑色的翅膀在扑打。阳光里总似潜伏着凄哀，晚风中总似飘荡着它的沉郁，飘荡着姥姥的心惊胆战、母亲的噤若寒蝉、奶奶和父亲的顾左右而言他、二姥姥不知所归的颤抖，乃至幼儿园里那两个老太太的慌张……因此，我不敢让它成为一个故事。我怕它一旦成为故事就永远只是一个故事了。而那片虚缈的飘动未必是要求着一个具体的形象，未必是要求着情节，多么悲惨和荒诞的情节都不会有什么新意，它在要求祈祷。多少代人的迷茫与寻觅，仇恨与歧途，年轻与衰老，最终所能要求的都是：祈祷。

有一年我从电视中看见，一个懂得忏悔的人，走到被纳粹杀害的犹太人墓前，双腿下跪，我于是知道忏悔不应当只是一代人的心情。有一年，我又从电视中看见，一个懂得祈祷的人走到"二战"德国阵亡士兵的墓前默立哀悼，我于是看见了祈祷的全部方向。

姥姥给我留下的记忆很少。姥姥不识字，脚比奶奶的还要小，她一直住在乡下，住在涿州老家。我小的时候母亲偶

记忆与印象

尔把她接来,她来了便盘腿坐在床上,整天整天地纳鞋底,上鞋帮,缝棉衣和棉被,一边重复着机械的动作一边给我讲些妖魔鬼怪的故事。母亲听见她讲那些故事,便来制止:"哎呀,别老讲那些迷信的玩意儿行不行?"姥姥惭愧地笑笑,然后郑重地对我说:"你妈说得对,要好好念书,念好书将来做大官。"母亲哭笑不得:"哎呀哎呀,我这么说了吗?"姥姥再次抱歉地笑,抬头看四周,看玻璃上的夕阳,看院子里满树盛开的海棠花,再低下头去看手中的针线,把笑和笑中的迷茫都咽回肚里去……

现在我常想,姥姥知不知道二姥姥的存在呢?照理说她应该知道,可在我的记忆里她对此好像没有任何态度,笑骂也无,恨怨也无。也许这正是她的德行,或者正是她的无奈。姥姥的婚姻完全由父母包办,姥爷对她真正是一个空白的人形:她见到姥爷之前姥爷是个不确定的人形;见到姥爷之后,那人形已不可更改。那个空白的人形,有二姥姥可以使之嬉笑怒骂声色俱全。姥姥呢,她的快乐和盼望在哪儿?针针线线她从一个小姑娘长成了女人,吹吹打打那个人形来了,张灯结彩他们拜了堂成了亲,那个人形把她娶下并使她生养了几个孩子,然后呢,却连那人形也不常见,依然是针针线线度着时光。也不知道那人形在外面都干了些什么，忽然一声枪响，她一向空白的世界里唯活生生地跳出了恐怖和屈辱，至死难逃……

母亲呢，则因此没上成大学。那声枪响之后母亲生下了我，其时父亲大学尚未毕业，为了生计母亲去读了一个会计速成学校。母亲的愿望其实很多。我双腿瘫痪后悄悄地学写作，母亲知道了，跟我说，她年轻时的理想也是写作。这样说时，我见她脸上的笑与姥姥当年的一模一样，也是那样惭愧地张望四周，看窗上的夕阳，看院中的老海棠树。但老海棠树已经枯死，枝干上爬满豆蔓，开着单薄的豆花。

母亲说，她中学时的作文总是被老师当作范文给全班同学朗读。母亲说，班上还有个作文写得好的，是个男同学。"前些天咱们看的那个电影，编剧可能就是他。""可能？为什么？""反正那编剧的姓名跟他一字不差。"有一天家里来了个客人，偏巧认识那个编剧，母亲便细细询问：性别、年龄、民族，都对；身材相貌也不与当年那个少年可能的发展相悖。母亲就又急慌慌地问："他的老家呢，是不是涿州？"这一回客人含笑摇头。母亲说："那您有机会给问问……"我喊起

记忆与印象

来:"问什么问!"母亲的意思是想给我找个老师,我的意思是滚他妈的什么老师吧!——那时我刚坐进轮椅,一副受压迫者的病态心理。

有一年作协开会,我从"与会作家名录"上知道了那个人的籍贯:河北涿州。其时母亲已经去世。忽然一个念头撞进我心里:母亲单是想给我找个老师吗?

母亲漂亮,且天性浪漫,那声枪响之后她的很多梦想都随之消散了。然而那枪声却一直都不消散。"文化革命"如火如荼之时,有一天我去找她,办公室里只她一个人在埋头扒拉算盘。"怎么就您一个?""都去造反了。""不让您去?""别瞎说,是我自己要干的。有人抓革命,也得有人促生产呀?"很久以后我才听懂,这是那声枪响磨砺出的明智——凭母亲的出身,万勿沾惹政治才是平安之策。那天我跟母亲说我要走了,大串联去。"去哪儿?""全国,管他哪儿。"我满腔豪情满怀诗意。母亲给了我十五块钱——十块整的一针一线给我缝在内衣上,五块零钱(一个两元、两个一元和十张一角的)分放在外衣的几个衣兜里。"那我就走了。"我说。母亲抓住我，看着我的眼睛："有些事，我是说咱自己家里的事，懂吗？不一定要跟别人说。"我点点头，豪情和诗意消散大半。母亲仍不放手："记住，跟谁也别说，跟你最要好的同学也别说。倒不是要隐瞒什么，只不过……只不过是没那个必要……"

又过了很多年，有人从老家带来一份县志，上面竟有几篇对姥爷的颂扬文字，使那空白的人形有了一点儿确定的形象。文中说到他的抗日功劳，说到他的教育成就，余者不提。那时姥姥和母亲早都不在人间，奶奶和父亲也已去世。那时，大舅从几十年杳无音信之中忽然回来，一头白发，满面沧桑。大舅捧着那县志，半天不说话，唯手和脸簌簌地抖。

6·叛逆者

姥爷还在国民党中做官的时候，大舅已离家出走参加了解放军。不过我猜想，这父子俩除去主义不同，政见各异，彼此肯定是看重的。所以我从未听说过姥爷对大舅的叛逆有多么愤怒。所以，解放前夕大舅也曾跑回老家，劝姥爷出去避一避风头。

姥爷死后，大舅再没回过老家。我记得姥姥坐在床上纳鞋底时常常念叨他，夸他聪明，英俊，性情仁义。母亲也是这样说。母亲说，她和大舅从小就最谈得来。

四五岁时我见过一次大舅。有一天我正在院子里玩，院门外大步流星走来了一个青年军官。他走到我跟前，弯下腰来仔细看我："嘿，你是谁呀？"现在我可以说，他那样子真可谓光彩照人，但当时我找不出这样的形容，唯被他的勃勃英气惊呆在那儿。呆愣了一会儿，我往屋里跑，身后响起他爽朗的大笑。母亲迎出门来，母亲看着他也愣了一会儿，然后就被他搂进臂弯，我记得那一刻母亲忽然变得像个小姑娘了……然后他们一起走进屋里……然后他送给母亲一个漂亮的皮包，米色的，真皮的，母亲喜欢得不得了，以后的几十年里只在最庄重的场合母亲才背上它……再然后是一个星期天，我们一起到中山公园去，在老柏树摇动的浓荫里，大舅和母亲没完没了地走呀，走呀，没完没了地说。我追在他们身后跑，满头大汗，又累又无聊。午饭时我坐在他俩中间，我听见他们在说姥姥，说老家，说着一些往事。最后，母亲说："你就不想回老家去看看？"母亲望着大舅，目光里有些严厉又有些凄哀。大舅不回答。大舅跟我说着笑话，对母亲的问题哼哼哈哈不置可否。我说过我记事早。我记得那天春风和煦，柳絮飞扬；我记得那顿午饭空前丰盛，从未见过的美味佳肴，我埋头大吃；我记得，我一直担心着那个空白的人形会闯进来危及这美妙时光，但还好，那天他们没有说起"他"。

　　那天以后大舅即告消失，几十年音信全无。

记忆与印象

　　一年又一年，母亲越来越多地念起他："也不知道他现在在哪儿？"听得出，母亲已经不再那么怪他了。母亲说他做的是保密工作，研究武器的，身不由己。母亲偶尔回老家去从不带着我，想必也是怕我挨近那片危险——这不会不使她体谅了大舅。为了当年对大舅的严厉，想必母亲是有些后悔。"这么多年，他怎么也不给我来封信呢？"母亲为此黯然神伤。

　　大舅早年的离家出走，据说很有些逃婚的因素，他的婚姻也是由家里包办的。"我姥爷包办的？""不，是你太姥爷的意思。"大舅是长孙，他的婚事太姥爷要亲自安排，这关系到此一家族的辽阔土地能否有一个可靠的未来。这件事谁也别插嘴，姥爷也不行——别看你当着个破官；土地！懂吗？在太姥爷眼里那才是真东西。
　　太姥爷，一个典型的中国地主。中国的地主并非都像"黄世仁"。在我浅淡的记忆里，太姥爷须发全白，枯瘦，步履蹒跚，衣着破旧而且邋遢。因为那时他已是一无所有了吧？也不是。母亲说："他从来就那样，有几千亩地的时候也是那样。出门赶集，见路边的一泡牛粪他也要兜在衣襟里捡回来，抖落到自家地里。"他只看重一种东西：地。"周扒皮"那样的地主一定会让他笑话，你把长工都得罪了就不怕人家糟蹋你的地？就不怕你的地里长不出好庄稼？太姥爷比"周扒皮"有远见，对长工们从不怠慢。既不敢怠慢，又舍不得给人家吃好的，于是长工们吃什么他也就跟着一起吃什么，甚至长工们剩下的东西他也要再利用一遍，以自家之肠胃将其酿成自家地里的肥。"同吃同住同劳动"一类的倡导看来并不是什么新发明。太姥爷守望着他的地，盼望年年都能收获很多粮食。很多粮食卖出很多钱，很多钱再买下很多地，很多地里再长出很多粮食……如此循环再循环，到底为了什么他不问。他梦想着有更多的土地姓他的姓，但是为什么呢？天经地义，他从未想过这里面还会有个"为什么"。而他自己呢？最风光的时候，也不过是一个坐在自己的土地中央的邋里邋遢的瘦老头。

这才是中国地主的典型形象吧。我的爷爷，太爷，老太爷，乃至老老太爷都是地主，据说无一例外莫不如此，一脑袋高粱花子，中着土地的魔。但再往上数，到老老老太爷，到老老老老……太爷，总归有一站曾经是穷人，穷得叮当响，从什么什么地方逃荒到了此地，然后如何如何克勤克俭，慢

记忆与印象

慢富足起来——这也是中国地主所常有的、牢记于心的家史。

不过,在我的记忆里,这瘦老头对我倒是格外亲切。我的要求他一概满足,我的一切非分之想他都容忍,甚至我的一蹦一跳都让他牵心挂肚。每逢年节,他从老家来北京看我(母亲说过,他主要是想看看我),带来乡下的土产,带来一些小饰物给我挂在脖子上,带来特意在城里买的点心,一点儿一点儿地掰着给我吃……他双臂颤巍巍地围拢我,不敢抱紧又不敢放松,好像一不留神我就会化作一缕青烟飞散。料必是因为他的长子已然夭折,他的长孙又远走他乡,而他的晚辈中我是唯一还不懂得与他划清界限的男人。而这个小男人,以其孩子特有的敏锐早已觉察到,他可以对这个老头颐指气使为所欲为。我在他怀中又踢又打胡作非为,要是母亲来制止,我只需加倍喊叫,母亲就只好躲到一边去忍气吞声。我要是高兴捋捋这老头的胡须,或漫不经心地叫他一声"太姥爷",他便会眉开眼笑得到最大的满足。但是我不能满足他总想亲亲我的企图——他那么瘦,又那么邋遢。

大舅抗婚不成,便住到学校去不回家。暑假到了,不得不回家了,据说大舅回到家就一个人抱着铺盖睡到屋顶上去。

天真烂漫的孩子就是鼓舞,就是信心和欢乐。

《我的幼儿园》

我想姥爷一定是同情他的，但爱莫能助。我想大舅母一定只有悄然落泪，或许比她的婆婆多了一些觉醒，果真这样也就比她的婆婆更多了一层折磨。太姥爷呢，必定是大发雷霆。我想象不出，那样一个瘦老头何以会有如此威严，竟至姥爷和大舅也都只好俯首听命。大舅必定是忍无可忍，于是下决心离家出走，与这个封建之家一刀两断……

那大约已是四十年代中期的事，共产主义的烽火正以燎原之势遍及全国。

天下大同，那其实是人类最为悠久的梦想，唯于其时其地这梦想已不满足于仅仅是梦想，从祈祷变为实际（另一种说法是"由空想变成科学"），风展红旗如画，统一思想统一步伐奔向被许诺为必将实现的人间天堂。

四十多年过去，大舅回来了，出现在我面前的是一个白发驼背的老人。记得第一次见到他时他弯下腰来问我："嘿，你是谁？"那时我刚来到人间不久。现在轮到我问他了：你是谁？我确实在心里这样问着：你就是那个光彩照人的青年军官吗？我慢慢看他，寻找当年的踪影。但是，那个大步流星的大舅已随时间走失，换成一个步履迟缓的陌生人回来了。

我们互相通报了身份，然后一起吃饭，喝茶，在陌生中寻找往日的亲情。我说起那个春天，说起在中山公园的那顿午餐，他睁大眼睛问我："那时有你吗？"我说："我跟在你们后头跑，只记得到处飘着柳絮，是哪一年可记不清了。"终于，不可避免地我们说到了母亲，大舅的泪水夺眶而出，泣不成声。他要我把母亲的照片拿给他，这愿望想必已在他心里存了很久，只不敢轻易触动。他捧着母亲的照片，对我的表妹说："看看姑姑有多漂亮，我没瞎说吧？"

这么多年他都在哪儿？都是怎么过来的？母亲若在世，一定是要这样问的。我想我还是不问吧。他也只说了一句，但这一句却是我怎么也没料到的——"这些年，在外边，我尽受欺负了。"是呀是呀，真正是回家的感觉，但这里面必有很多为猜想所不及的、由分分秒秒所构筑的实际内容。

那四十多年，要是我愿意我是可以去问个究竟的，他现在住得离我并不太远。但我宁愿保留住猜想。这也许是因为，描摹实际并不是写作的根本期冀。

他早已退休，现在整天都在家里，从早到晚伺候着患老年痴呆症的舅母。还是当年的那个舅母，那个为他流泪多年的人。他离家时不过二十出头吧,走了很多年,走了很多地方,想必也走过了很多情感。很多的希望与失望都不知留在了哪儿,最后,就像命中注定,他还是回到了这个舅母身边。回来时两个人都已是暮年,回来时舅母的神志已渐渐离开这个世界,执意越走越远,不再醒来。他守候在她身边,伺候她饮食起居,伺候她沐浴更衣,搀扶她去散步,但舅母呆滞的目光里再也没有春秋寒暑,再也没有忧喜悲欢,太阳在那儿升起又在那儿降落,那双眼睛看一切都是寻常,仿佛什么也不想再说。大舅昼夜伴其左右,寸步不离,她含混的言语只有他能听懂……

这或可写成一个感人泪下的浪漫故事。但只有在他们真确的心魂之外,才可能制作"感人"与"浪漫"。否则便不会浪漫。否则仍然没有浪漫,仍然是分分秒秒构筑的实际。而浪漫,或曾有过,但最终仍归于沉默。

我有一种希望,希望那四十多年中大舅曾经浪漫,曾经有过哪怕是短暂的浪漫时光。我希望那样的时光并未被时间磨尽,并未被现实湮灭,并未被"不可能"夺其美丽。我不知道是谁曾使他夜不能寐,曾使他朝思暮想心醉神痴,使他

记忆与印象

接近过他离家出走时的向往,使那个风流倜傥的青年军官梦想成真,哪怕只在片刻之间……我希望他曾经这样。我希望不管现实如何或实际怎样,梦想,仍然还在这个人的心里。"不可能"唯消损着实际,并不能泯灭人的另一种存在。我愿意在舅母沉睡之时,他独自去拒马河寂静的长堤上漫步,心里不仅祈祷着现实,而因那美丽的浪漫并未死去,也祈祷着未来,祈祷着永远。

7·老家

　　常要在各种表格上填写籍贯,有时候我写北京,有时候写河北涿州,完全即兴。写北京,因为我生在北京长在北京,大约死也不会死到别处去了。写涿州,则因为我从小被告知那是我的老家,我的父母及祖上若干辈人都曾在那儿生活。查词典,"籍贯"一词的解释是:祖居地或个人出生地——我的即兴碰巧不错。

　　可是这个被称为老家的地方,我是直到四十六岁的春天才第一次见到它。此前只是不断地听见它。从奶奶的叹息中,从父母对它的思念和恐惧中,从姥姥和一些亲戚偶尔带来的消息里面,以及从对一条梦幻般的河流——拒马河——的想象之中,听见它。但从未见过它,连照片也没有。奶奶说,

记忆与印象

曾有过几张在老家的照片，可惜都在我懂事之前就销毁了。

四十六岁的春天，我去亲眼证实了它的存在；我跟父亲、伯父和叔叔一起，坐了几小时汽车到了老家。涿州——我有点儿不敢这样叫它。涿州太具体，太实际，因而太陌生。而老家在我的印象里一向虚虚幻幻，更多的是一种情绪，一种声音，甚或一种光线，一种气息，与一个实际的地点相距太远。我想我不妨就叫它Z州吧，一个非地理意义的所在更适合连接起一个延续了四十六年的传说。

然而它果真是一个实实在在的地方，有残断的城墙，有一对接近坍圮的古塔，市中心一堆蒿草丛生的黄土据说是当年钟鼓楼的遗址。当然也有崭新的酒店、餐馆、商厦，满街的人群，满街的阳光、尘土和叫卖。城区的格局与旧北京城近似，只是缩小些，简单些。中心大街的路口耸立着一座仿古牌楼（也许确凿是个古迹，唯因旅游事业而修葺一新），匾额上五个大字：天下第一州。中国的天下第一着实不少，这一回又不知是以什么为序。

我们几乎走遍了城中所有的街巷。父亲、伯父和叔叔一路指指点点感慨万千：这儿是什么，那儿是什么，此一家商号过去是什么样子，彼一座宅院曾经属于一户怎样的人家，某一座寺庙当年如何如何香火旺盛，庙会上卖风筝，卖兔爷，卖莲蓬，卖糖人儿、面茶、老豆腐……庙后那条小街曾经多么僻静呀，风传有鬼魅出没，天黑了一个人不敢去走……城北的大石桥呢？哦，还在还在，倒还是老样子，小时候上学放学他们天天都要从那桥上过，桥旁垂柳依依，桥下流水潺潺，当初可是Z州一处著名的景观啊……咱们的小学校呢？在哪儿？那座大楼吗？哎哎，真可是今非昔比啦……

我听见老家在慢慢地扩展，向着尘封的记忆深入，不断推新出陈。往日，像个昏睡的老人慢慢苏醒，唏嘘叹惋之间渐渐生气勃勃起来。历史因此令人怀疑。循着不同的情感，历史原来并不确定。

一路上我想，那么文学所求的真实是什么呢？历史难免是一部御制经典，文学要弥补它，所以看重的是那些沉默的心魂。历史惯以时间为序，勾画空间中的真实。艺术不满足这样的简化，所以去看这人间戏剧深处的复杂，在被普遍所遗漏的地方去询问独具的心流。我于是想起西川的诗：

记忆与印象

  我打开一本书/一个灵魂就苏醒/…………/我阅读一个家族的预言/我看到的痛苦并不比痛苦更多/历史仅记录少数人的丰功伟绩/其他人说话汇合为沉默

  我的老家便是这样。Z州，一向都在沉默中。但沉默的深处悲欢俱在，无比生动。那是因为，沉默着的并不就是普遍，而独具的心流恰是被一个普遍读本简化成了沉默。

  汽车缓缓行驶，接近史家旧居时，父亲、伯父和叔叔一声不响，唯睁大眼睛望着窗外。史家的旧宅错错落落几乎铺开一条街，但都久失修整，残破不堪。"这儿是六叔家。""这儿是二姑家。""这儿是七爷爷和七奶奶。""那边呢？噢，五舅曾在那儿住过。"……简短的低语，轻得像是怕惊动了什么，以致那一座座院落也似毫无生气，一片死寂。
  汽车终于停下，停在了"我们家"的门口。
  但他们都不下车，只坐在车里看，看斑驳的院门，看门两边的石墩，看屋檐上摇动的枯草，看屋脊上露出的树梢……伯父首先声明他不想进去："这样看看，我说就行了。"

父亲于是附和："我说也是，看看就走吧。"我说："大老远来了，就为看看这房檐上的草吗？"伯父说："你知道这儿现在住的谁？""管他住的谁！""你知道人家会怎么想？人家要是问咱们来干吗，咱们怎么说？""胡汉三又回来了呗！"我说。他们笑笑，笑得依然谨慎。伯父和父亲执意留在汽车上，叔叔推着我进了院门。院子里没人，屋门也都锁着，两棵枣树尚未发芽，疙疙瘩瘩的枝条与屋檐碰撞发出轻响。叔叔指着两间耳房对我说："你爸和你妈，当年就在这两间屋里结的婚。""你看见的？""当然我看见的。那天史家的人去接你妈，我跟着去了。那时我十三四岁，你妈坐上花轿，我就跟在后头一路跑，直跑回家……"我仔细打量那两间老屋，心想，说不定，我就是从这儿进入人间的。

从那院子里出来，见父亲和伯父在街上来来回回地走，向一个个院门里望，紧张，又似抱着期待。街上没人，处处都安静得近乎怪诞。"走吗？""走吧。"虽是这样说，但他们仍四处张望。"要不就再歇会儿？""不啦，走吧。"这时候街的那边出现一个人，慢慢朝这边走。他们便都往路旁靠一靠，看着那个人，看他一步步走近，看他走过面前，又看着他一步步走远。不认识。这个人他们不认识。这个人太年轻了他们不可能认识,也许这个人的父亲或者爷爷他们认识。起风了,风吹动屋檐上的荒草,吹动屋檐下的三顶白发。已经走远的那个人还在回头张望,他必是想:这几个老人站在那儿等什么?

离开Z州城,仿佛离开了一个牵魂索命的地方,父亲和伯父都似吐了一口气:想见它,又怕见它。唉,Z州啊!老家,只是为了这样的想念和这样的恐惧吗?

汽车断断续续地挨着拒马河走,气氛轻松些了。父亲说:"顺着这条河走,就到你母亲的家了。"叔叔说:"这条河也通着你奶奶的家。"伯父说:"唉,你奶奶呀,一辈子就是羡慕别人能出去上学、读书。不是你奶奶一再坚持,我们几个能上得了大学?"几个人都点头,又都沉默。似乎这老家,永远是要为她沉默的。我在《奶奶的星星》里写过,我小时候,奶奶每晚都在灯下念着一本扫盲课本,总是把《国歌》一课中的"吼声"错念成"孔声"。我记得,奶奶总是羡慕母亲,说她赶上了新时代,又上过学,又能到外面去工作……

拒马河在太阳下面闪闪发光。他们说这河以前要宽阔得多,水也比现在深,浪也比现在大。他们说,以前,这一块平原差不多都靠着这条河。他们说，那时候，在河湾水浅的地方，随时你都能摸上一条大鲤鱼来。他们说，那时候这河里有的是鱼虾、螃蟹、莲藕、鸡头米，苇子长得比人高，密不透风，五月节包粽子，米泡好了再去劈粽叶也来得及……

母亲的家在Z州城外的张村。那村子真是大，汽车从村东到村西开了差不多一刻钟。拒马河从村边流过，我们挨近一座石桥停下。这情景让我想起小时候读过的一课书：拒马河，靠山坡，弯弯曲曲绕村过……

父亲说："就是这桥。"我们走上桥，父亲说："看看吧，那就是你母亲以前住过的房子。"

高高的土坡上，一排陈旧的瓦房，围了一圈简陋的黄土矮墙，夕阳下尤其显得寂寞，黯然，甚至颓唐。那矮墙，父亲说原先没有，原先可不是这样，原先是一道青砖的围墙，原先还有一座漂亮的门楼，门前有两棵老槐树，母亲经常就坐在那槐树下读书……

这回我们一起走进那院子。院子里堆着柴草，堆着木料、灰沙，大约这老房是想换换模样了。主人不在家，只一群鸡"咯咯"地叫。

叔叔说:"就是这间屋。你爸就是从这儿把你妈娶走的。"
"真的?"
"问他呀。"

父亲避开我的目光,不说话,满脸通红,转身走开。我不敢再说什么。我知道那不是因为别的,是因为不能忘记的痛苦。母亲去世十年后的那个清明节,我和妹妹曾跟随父亲一起去给母亲扫墓,但是母亲的墓已经不见。那时父亲就是这样的表情,满脸通红,一言不发,东一头西一头地疾走,满山遍野地找寻着一棵红枫树,母亲就葬在那棵树旁。我曾写过:母亲离开得太突然,且只有四十九岁。那时我们三个都被这突来的厄运吓傻了,十年中谁也不敢提起母亲一个字,不敢说她,不敢想她,连她的照片也收起来不敢看……直到十年后,那个清明节,我们不约而同地说起该去看看母亲的坟了;不约而同——可见谁也没有忘记,一刻都没有忘记……

我看着母亲出嫁前住的那间小屋,不由得有一个问题:那时候我在哪儿?那时候是不是已经注定,四十多年之后她的儿子才会来看望这间小屋,来这儿想象母亲当年出嫁的情景？一九四八年，母亲十九岁，未来其实都已经写好了，站在我四十六岁的地方看，母亲的一生已在那一阵喜庆的唢呐声中一字一句地写好了，不可更改。那唢呐声，沿着时间，沿着阳光和季节，一路风尘雨雪，传到今天才听出它的哀婉和苍凉。可是，十九岁的母亲听见了什么？十九岁的新娘有着怎样的梦想？十九岁的少女走出这个院子的时候历史与她何干？她提着婚礼服的裙裾，走出屋门，有没有再看看这个院落？她小心或者急切地走出这间小屋，走过这条甬道，转过这个墙角，迈过这道门槛，然后驻足，抬眼望去，她看见了什么？啊，拒马河！拒马河上绿柳如烟，雾霭飘荡，未来就藏在那一片浩渺的苍茫之中……我循着母亲出嫁的路，走出院子，走向河岸，拒马河悲喜不惊，必像四十多年前一样，翻动着浪花，平稳浩荡奔其前程……

  我坐在河边，想着母亲曾经就在这儿玩耍，就在这儿长大，也许她就攀过那棵树，也许她就戏过那片水，也许她就躺在这片草丛中想象未来，然后，她离开了这儿，走进了那个喧嚣的北京城，走进了一团说不清的历史。我转动轮椅，在河边慢慢走，想着：从那个坐在老槐树下读书的少女，到她的儿子终于来看望这座残破的宅院，这中间发生了多少事

记忆与印象

呀。我望着这条两端不见头的河,想:那顶花轿顺着这河岸走,锣鼓声渐渐远了,唢呐声或许伴母亲一路,那一段漫长的时间里她是怎样的心情?一个人,离开故土,离开童年和少年的梦境,大约都是一样——就像我去串联、去插队的时候一样,顾不上别的,单被前途的神秘所吸引,在那神秘中描画幸福与浪漫……

如今我常猜想母亲的感情经历。父亲憨厚老实到完全缺乏浪漫,母亲可是天生的多情多梦。她有没有过另外的想法?从那绿柳如烟的河岸上走来的第一个男人,是不是父亲?在那雾霭苍茫的河岸上执意不去的最后一个男人,是不是父亲?甚至,在那绵长的唢呐声中,有没有一个立于河岸一直眺望着母亲的花轿渐行渐杳的男人?还有,随后的若干年中,她对她的爱情是否满意?我所能做的唯一见证是:母亲对父亲的缺乏浪漫常常哭笑不得,甚至叹气连声,但这个男人的诚实、厚道,让她信赖终生。

母亲去世时,我坐在轮椅里连一条谋生的路也还没找到,妹妹才十三岁,父亲一个人担起了这个家。二十年,这二十年母亲在天国一定什么都看见了。二十年后一切都好了,那个冬天，一夜之间，父亲就离开了我们。他仿佛终于完成了母亲的托付，终于熬过了他不能不熬的痛苦、操劳和孤独，然后急着去找母亲了——既然她在这尘世间连坟墓都没有留下。

老家，Z州，张村，拒马河……这一片传说或这一片梦境，常让我想：倘那河岸上第一个走来的男人，或那河岸上执意不去的最后一个男人，都不是我的父亲，倘那个立于河岸一直眺望着母亲的花轿渐行渐杳的男人成了我的父亲，我还是我吗？当然，我只能是我，但却是另一个我了。这样看，我的由来是否过于偶然？任何人的由来是否都太偶然？都偶然，还有什么偶然可言？我必然是这一个。每个人都必然是这一个。所有的人都是一样，从老家久远的历史中抽取一个点，一条线索，作为开端。这开端，就像那绵绵不断的唢呐，难免会引出母亲一样的坎坷与苦难，但必须到达父亲一样的煎熬与责任，这正是命运要你接受的"想念与恐惧"吧。

8·庙的回忆

据说,过去北京城内的每一条胡同都有庙,或大或小总有一座。这或许有夸张成分。但慢慢回想,我住过以及我熟悉的胡同里,确实都有庙或庙的遗迹。

在我出生的那条胡同里,与我家院门斜对着,曾经就是一座小庙。我见到它时它已改作油坊,庙门、庙院尚无大变,唯走了僧人。常有马车运来大包大包的花生、芝麻,院子里终日磨声隆隆,呛人的油脂味经久不散。推磨的驴们轮换着在门前的空地上休息,打滚儿,大惊小怪地喊叫。

从那条胡同一直往东的另一条胡同中,有一座大些的庙,香火犹存。或者是庵,记不得名字了,只记得奶奶说过那里面没有男人。那是奶奶常领我去的地方,庙院很大,松柏森

童年，在这一时刻漂流进一种叫作"历史"的东西里去了，永不复返。

《一个人形空白》

然。夏天的傍晚不管多么燠热难熬,一走进那庙院立刻就觉清凉,我和奶奶并排坐在庙堂的石阶上,享受晚风和月光,看星星一个一个亮起来。僧尼们并不驱赶俗众,更不收门票,见了我们唯颔首微笑,然后静静地不知走到哪里去了,有如晚风掀动松柏的脂香似有若无。庙堂中常有法事,钟鼓声、铙钹声、木鱼声,嚌嚌呓呓,那音乐让人心中犹豫。诵经声如无字的伴歌,好像黑夜的愁叹,好像被灼烤了一白天的土地终于得以舒展便油然飘缭起的雾霭。奶奶一动不动地听,但鼓励我去看看。我迟疑着走近门边,只向门缝中望了一眼,立刻跑开。那一眼印象极为深刻。现在想,大约任何声音、光线、形状、姿态,乃至温度和气息,都在人的心底有着先天的响应,因而很多事可以不懂但能够知道,说不清楚,却永远记住。那大约就是形式的力量。气氛或者情绪,整体地袭来,它们大于言说,它们进入了言不可及之域,以致一个五六岁的孩子本能地审视而不单是看见。我跑回到奶奶身旁,出于本能我知道了那是另一种地方,或是通向着另一种地方;比如说树林中穿流的雾霭,全是游魂。奶奶听得入神,摇撼她她也不觉,她正从那音乐和诵唱中回想生命,眺望那另一种地方吧。我的年龄无可回想,无以眺望,另一种地方对一个初来的生命是严重的威胁。我钻进奶奶的怀里不敢看,不敢听也不敢想,唯觉幽冥之气弥漫,月光也似冷暗了。这个孩子生而怯懦,禀性愚顽,想必正是他要来这人间的缘由。

　　上小学的那一年,我们搬了家,原因是若干条街道联合起来成立了人民公社,公社机关看中了我们原来住的那个院子以及相邻的两个院子,于是他们搬进来我们搬出去。我记得这件事进行得十分匆忙,上午通知下午就搬,街道干部打电话把各家的主要劳力都从单位里叫回家,从中午一直搬到深夜。这事很让我兴奋,所有要搬走的孩子都很兴奋,不用去上学了,很可能明天和后天也不用上学了,而且我们一齐搬走,搬走之后仍然住在一起。我们跳上运家具的卡车奔赴新家,觉得正有一些动人的事情在发生,有些新鲜的东西正等着我们。可惜路程不远,完全谈不上什么经历新家就到了。不过微微的失望转瞬即逝,我们冲进院子,在所有的屋子里都风似的刮一遍,以主人的身份接管了它们。从未来的角度看,这院子远不如我们原来的院子,但新鲜是主要的,新鲜与孩子天生有缘,新鲜在那样的季节里统统都被推崇,我们才不管院子是否比原来的小或房子是否比原来的破,立刻在横倒竖卧的家具中间捉迷藏，疯跑疯叫，把所有的房门都打开然后关上，把所有的电灯都关上然后打开，爬到树上去然后跳下来，被忙乱的人群撞倒然后自己爬起来，为每一个新发现激动不已，然后看看其实也没什么……最后集体在某一个角落里睡熟，睡得不省人事，叫也叫不应。那时母亲正在外地出差，来不及通知她，几天后她回来时发现家已经变成了公社机关。她在那门前站了很久才有人来向她解释，大意是：不要紧放心吧，搬走的都是好同志，住在哪儿和不住在哪儿都一样是革命需要。

新家所在之地叫"观音寺胡同"，顾名思义那儿也有一座庙。那庙不能算小，但早已破败，久失看管。庙门不翼而飞，院子里枯藤老树荒草藏人。侧殿空空。正殿里尚存几尊泥像，彩饰斑驳，站立两旁的护法天神怒目圆睁但已赤手空拳，兵器早不知被谁夺下扔在地上。我和几个同龄的孩子便捡起那兵器，挥舞着，在大殿中跳上跳下杀进杀出，模仿俗世的战争，朝残圮的泥胎劈砍，向草丛中冲锋，披荆斩棘草叶横飞，大有堂吉诃德之神采，然后给寂寞的老树"施肥"，擦屁股纸贴在墙上……做尽亵渎神灵的恶事然后鸟儿一样在夕光中回家。很长一段时期那儿都是我们的乐园,放了学不回家先要到那儿去。那儿有发现不完的秘密,草丛中有死猫,老树上有鸟窝,幽暗的殿顶上据说有蛇和黄鼬,但始终未得一见。有时是为了一本小人书,租期紧,大家轮不过来,就一齐跑到那庙里去看,一个人捧着,大家围在四周,大家都说看好了才翻页。谁看得慢了,大家就骂他笨,其实都还识不得几个字,主要是看画,看画自然也有笨与不笨之分。或者是为了抄作业,有几个笨主儿作业老是不会,就抄别人的,庙里安全,老师和家长都看不见。佛嘛,心中无佛什么事都敢干。抄者撅着屁股在菩萨眼皮底下紧抄,被抄者则乘机大肆炫耀其优越感,说一句"我的时间不多你要抄就快点儿",然后故意放大轻松与快乐,去捉蚂蚱、逮蜻蜓,大喊大叫地弹球儿、扇三角。急得抄者流汗,撅起的屁股有节奏地颠,嘴中念念有词,不时扭起头来喊一句:"等我会儿嘿!"其实谁也知道,没法等。还有一回专门是为了比赛胆儿大。"晚上谁敢到那庙里去?""这有什么,嘁!""有什么?有鬼,你敢去吗?""废话!我早都去过了。""牛×!""嘿,你要不信嘿……今儿晚上就去你敢不敢?""去就去有什么呀,嘁!""行,谁不去谁孙子!敢不敢?""行,几点?""九点。""就怕那会儿我妈不让我出来。""哎哟喂,不敢就说不敢!""行,九点就九点!"那天晚上我们真的到那庙里去了一回,有人拿了个手电筒,还有人带了把水果刀好歹算一件武器。我们走进庙门时还是满天星斗,不一会儿天却阴上来,而且起了风。我们在侧殿的台阶上蹲着,挤成一堆儿,不敢动也不敢大声说话。荒草摇摇,老树沙沙,月亮在云中一跳一跳地走。有人说想回家去撒泡尿。有人说撒尿你就到那边撒去呗。有人说别的倒也不怕,就怕是要下雨了。有人说下雨也不怕,就怕一下雨家里人该着急了。有人说一下雨蛇先出来,然后指不定还有什么呢。那个想撒尿的开始发抖,说不光想撒尿这会儿又想屙屎,可惜没带纸。这样,大家渐渐都有了便意,说憋屎憋尿是要生病的,有个人老是憋屎憋尿后来就变成了罗锅儿。大家惊诧道:"是吗?那就不如都回家上厕所吧。"可是第二天,那个最先要上厕所的成了唯一要上厕所的,大家都埋怨他,说要不是他我们还会在那儿待很久,说不定就能捉到蛇,甚至可能看见鬼。

有一天,那庙院里忽然出现了很多暗红色的粉末,一堆堆像小山似的,不知道是什么,也想不通到底何用。那粉末又干又轻,一脚踩上去噗的一声到处飞扬,而且从此鞋就变成暗红色再也别想洗干净。又过了几天，庙里来了一些人，整天在那暗红色的粉末里折腾，于是一个个都变成暗红色不说，庙墙和台阶也都变成暗红色，荒草和老树也都变成暗红色，那粉末随风而走或顺水而流，不久，半条胡同都变成了暗红色。随后，庙门前挂出了一块招牌：有色金属加工厂。从此游戏的地方没有了，蛇和鬼不知迁徙何方，荒草被锄净，老树被伐倒，只剩下一团暗红色漫天漫地逐日壮大。再后来，庙堂也拆了，庙墙也拆了，盖起了一座轰轰烈烈的大厂房。那条胡同也改了名字，以后出生的人会以为那儿从来就没有过庙。

　　我的小学，校园本也是一座庙，准确说是一座大庙的一部分。大庙叫柏林寺，里面有很多合抱粗的柏树。有风的时候，老柏树浓密而深沉的响声一浪一浪，传遍校园，传进教室，使吵闹的孩子也不由得安静下来，使琅琅的读书声时而飞扬时而沉落，使得上课和下课的铃声飘忽而悠扬。

　　摇铃的老头，据说曾经就是这庙中的和尚，庙既改作学校，他便还俗做了这儿的看门人，看门兼而摇铃。老头极和蔼，随你怎样摸他的红鼻头和光脑袋他都不恼，看见你不快活他甚至会低下头来给你,说:想摸摸吗?孩子们都愿意到传达室去玩,挤在他的床上,挤得密不透风,没大没小地跟他说笑。上课或下课的时间到了,他摇起铜铃,不紧不慢地在所有的窗廊下走过,目不旁顾,一路都不改变姿势。叮当叮当——叮当叮当——铃声在风中飘摇,在校园里回荡,在阳光里漫散开去,在所有孩子的心中留下难以磨灭的记忆。那铃声,上课时摇得紧张,下课时摇得舒畅,但无论紧张还是舒畅都比后来的电铃有味道,浪漫,多情,仿佛知道你的惧怕和盼望。

但有一天那铃声忽然消失,摇铃的老人也不见了,听说是回他的农村老家去了。为什么呢?据说是因为他仍在悄悄地烧香念佛,而一个崭新的时代应该是无神的时代。孩子们再走进校门时,看见那铜铃还在窗前,但物是人非,传达室里端坐着一名严厉的老太太。老太太可不让孩子们在她的办公重地胡闹。上课和下课,老太太只在按钮上轻轻一点,电铃于是"哇——哇——"地叫,不分青红皂白,把整个校园都吓得要昏过去。在那近乎残酷的声音里,孩子们懂得了怀念:以往的铃声,它到哪儿去了?唯有一点是确定的,它随着记忆走进了未来。在它飘逝多年之后,在梦中,我常常又

记忆与印象

听见它，听见它的飘忽与悠扬，看见那摇铃老人沉着的步伐，在他一无改变的面容中惊醒。那铃声中是否早已埋藏下未来，早已知道了以后的事情呢？

多年以后，我二十一岁，插队回来，找不到工作，等了很久还是找不到，就进了一个街道生产组。我在另外的文章里写过，几间老屋尘灰满面，我在那儿一干七年，在仿古的家具上画些花鸟鱼虫、山水人物，每月所得可以糊口。那生产组就在柏林寺的南墙外。其时，柏林寺已改作北京图书馆的一处书库。我和几个同是待业的小兄弟常常就在那面红墙下干活儿。老屋里昏暗而且无聊，我们就到外面去，一边干活一边观望街景，看来来往往的各色人等，时间似乎就轻快了许多。早晨，上班去的人们骑着车，车后架上夹着饭盒，一路吹着口哨，按响车铃，单那姿态就令人羡慕。上班的人流过后，零零散散地有一些人向柏林寺的大门走来，多半提个皮包，进门时亮一亮证件，也不管守门人看不看得清楚便大步朝里面去，那气派更是让人不由得仰望了。并非什么人都可以到那儿去借书和查阅资料的，小D说得是教授或者局级才行。"你知道？""废话！"小D重感觉不重证据。小D

比我小几岁，因为小儿麻痹症一条腿比另一条腿短了三公分，中学一毕业就到了这个生产组；很多招工单位也是重感觉不重证据，小D其实什么都能干。我们从早到晚坐在那面庙墙下，眼观六路耳听八方，不用看表也不用看太阳便知此刻何时。一辆串街的杂货车，"油盐酱醋花椒大料洗衣粉"一路喊过来，是上午九点。收买废品的三轮车来时，大约十点。磨剪子磨刀的老头总是星期三到，瞄准生产组旁边的一家小饭馆："磨剪子来嘿——抢菜刀——"声音十分洪亮。大家都说他真是糟蹋了，干吗不去唱戏？下午三点，必有一群幼儿园的孩子出现，一个牵定另一个的衣襟，咿咿呀呀地唱着，以为不经意走进的这个人间将会多么美好，鲜艳的衣裳彩虹一样地闪烁，再彩虹一样地消失。四五点钟，常有一辆囚车从我们面前开过，离柏林寺不远有一座著名的监狱，据说专门收容小偷。有个叫小德子的，十七八岁没爹没妈，跟我们一起在生产组干过。这小子能吃，有一回生产组不知惹了什么麻烦要请人吃饭，吃客们走后，折箩足足一脸盆，小德子买了一瓶啤酒，坐在火炉前稀里呼噜只用了半小时脸盆就见了底。但是有一天小德子忽然失踪，生产组的大妈大婶们四处打听，才知那小子在外面行窃被逮住了。以后的很多天，我

记忆与印象

们加倍地注意天黑前那辆囚车,看看里面有没有他;囚车呼啸而过,大家一齐喊:"小德子!小德子!"小德子还有一个月工资未及领取。

那时,我仍然没头没脑地相信,最好还是要有一份正式工作,倘能进一家全民所有制单位,一生便有了倚靠。母亲陪我一起去劳动局申请。我记得那地方廊回路转的,庭院深深,大约曾经也是一座庙。什么申请呀简直就像去赔礼道歉,一进门母亲先就满脸堆笑,战战兢兢,然后不管抓住一个什么人,就把她的儿子介绍一遍,保证说这一个坐在轮椅上的孩子其实仍可胜任很多种工作。那些人自然是满口官腔,母亲跑了前院跑后院,从这屋被支使到那屋。我那时年轻气盛,没那么多好听的话献给他们。最后出来一位负责同志,有理有据地给了我们回答:"慢慢再等一等吧,全须儿全尾儿的我们这还分配不过来呢!"此后我不再去找他们了。再也不去。但是母亲,直到她去世之前还在一趟一趟地往那儿跑,去之前什么都不说,疲惫地回来时再向她愤怒的儿子赔不是。我便也不再说什么,但我知道她还会去的,她会在两个星期内重新积累起足够的希望。

我在一篇名为《合欢树》的散文中写过,母亲就是在去为我找工作的路上,在一棵大树下,挖回了一棵含羞草;以为是含羞草,越长越大,其实是一棵合欢树。

大约一九七九年夏天,某一日,我们正坐在那庙墙下吃午饭,不知从哪儿忽然走来了两个缁衣落发的和尚,一老一少仿佛飘然而至。"哟?"大家停止吞咽,目光一齐追随他们。他们边走边谈,眉目清朗,步履轻捷,颦笑之间好像周围的一切都变得空阔甚至是虚拟了。或许是我们的紧张被他们发现,走过我们面前时他们特意地颔首微笑。这一下,让我想起了久违的童年。然后,仍然是那样,他们悄然地走远,像多年以前一样不知走到哪里去了。

"不是柏林寺要恢复了吧?"

"没听说呀?"

"不会。那得多大动静呀咱能不知道?"

"八成是北边的净土寺,那儿的房子早就翻修呢。"

"没错儿,净土寺!"小D说,"前天我瞧见那儿的庙门油漆一新我还说这是要干吗呢。"

大家愣愣地朝北边望。侧耳听时,也并没有什么特殊的声音传来。这时我才忽然想到,庙,已经消失了这么多年了。

消失了，或者封闭了，连同那可以眺望的另一种地方。

　　在我的印象里，就是从那一刻起，一个时代结束了。

　　傍晚，我独自摇着轮椅去找那小庙。我并不明确为什么要去找它，也许只是为了找回童年的某种感觉？总之，我忽然想念起庙，想念起庙堂的屋檐、石阶、门廊，月夜下庙院的幽静与空荒，香烟细细地飘升，然后破碎。我想念起庙的形式。我由衷地想念那令人犹豫的音乐，也许是那样的犹豫，终于符合了我的已经不太年轻的生命。然而，其实，我并不是多么喜欢那样的音乐。那音乐，想一想也依然令人压抑、惶恐、胆战心惊。但以我已经走过的岁月，我不由得回想，不由得眺望，不由得从那音乐的压力之中听见另一种存在了。我并不喜欢它，譬如不能像喜欢生一样地喜欢死。但是要有它。人的心中，先天就埋藏了对它的响应。响应，什么样的响应呢？在我，（这个生性愚顽的孩子！）那永远不会是成就圆满的欣喜，恰恰相反，是残缺明确地显露。眺望越是美好，越是看见自己的丑弱；越是无边，越看到限制。神在何处？以我的愚顽，怎么也想象不出一个无苦无忧的极乐之地。设若确有那样的极乐之地，设若有福的人果真到了那里，然后呢？我总是这样想：然后再往哪儿去呢？心如死水还是再有什么心愿？无论再往哪儿去吧，都说明此地并非圆满。丑弱的人和圆满的神之间，是信者永远的路。这样，我听见，那犹豫的音乐是提醒着一件事：此岸永远是残缺的，否则彼岸就要坍塌。这大约就是佛之慈悲的那一个"悲"字吧。慈呢，便是在这一条无尽无休的路上行走，所要有的持念。

没有了庙的时代结束了。紧跟着，另一个时代到来了，风风火火。北京城内外的一些有名的寺庙相继修葺一新，重新开放。但那更像是寺庙变成公园的开始，人们到那儿去多是游览，于是要收门票，票价不菲。香火重新旺盛起来，但是有些异样。人们大把大把地烧香，整簇整簇的香投入香炉，火光熊熊，烟气熏蒸，人们衷心地跪拜，祈求升迁，祈求福寿，消灾避难，财运亨通……倘今生难为，可于来世兑现，总之祈求佛祖全面的优待。庙，消失多年，回来时已经是一个极为现实的地方了，再没有什么犹豫。

一九九六年春天，我坐了八九个小时飞机，到了很远的地方，地球另一面，一座美丽的城市。一天傍晚，会议结束,我和妻子在街上走,一阵钟声把我们引进了一座小教堂(庙)。那儿有很多教堂,清澈的阳光里总能听见飘扬的钟声。那钟声让我想起小时候我家附近有一座教堂,我站在院子里,最多两岁,刚刚从虚无中睁开眼睛,尚未见到外面的世界先就听见了它的声音,清朗、悠远、沉稳,仿佛响自天上。此钟声是否彼钟声?当然,我知道,中间隔了八千公里并四十几年。我和妻子走进那小教堂,在那儿拍照,大声说笑,东张西望,毫不吝惜地按动快门……这时,我看见一个中年女人独自坐在一个角落,默默地望着前方耶稣的雕像。(后来,在洗印出来的照片中,在我和妻子身后,我又看见了她。)她的眉间似有些愁苦,但双手放松地摊开在膝头,心情又似非常宁静,对我们的喧哗一无觉察,或者是我们的喧哗一点儿也不能搅扰她吧。我心里忽然颤抖——那一瞬间,我以为我看见了我的母亲。

我一直有着一个凄苦的梦,隔一段时间就会在我的黑夜里重复一回:母亲,她并没有死,她只是深深地失望了,对我,或者尤其对这个世界,完全地失望了,困苦的灵魂无处诉告,无以支持,因而她走了,离开我们到很远的地方去了,不再回来。在梦中,我绝望地哭喊,心里怨她:"我理解你的失望,我理解你的离开,但你总要捎个信儿来呀,你不知道我们会牵挂你,不知道我们是多么想念你吗?"但就连这样的话也无从说给她,只知道她在很远的地方,并不知道她到底在哪儿。这个梦一再地走进我的黑夜,驱之不去,我便在醒来时、在白日的梦里为它作一个续:母亲,她的灵魂并未消散,她在幽冥之中注视我并保佑了我多年,直等到我的眺望已在幽冥中与她汇合,她才放了心,重新投生别处,投生在一个灵魂有所诉告的地方了。

我希望,我把这个梦写出来,我的黑夜从此也有了皈依了。

9 · 九层大楼

　　四十多年前，在北京城的东北角，挨近城墙拐弯的地方，建起了一座红色的九层大楼。如今城墙都没了，那座大楼倒是还在。九层，早已不足为奇，几十层的公寓、饭店现在也比比皆是。崇山峻岭般的楼群中间，真是岁月无情，那座大楼已经显得单薄、丑陋、老态龙钟，很难想象它也曾雄踞傲视、辉煌一时。我记得是一九五九年，我正上小学二年级，它就像一片朝霞轰然升起在天边，矗立在四周黑压压望不到边的矮房之中，明朗，灿烂，神采飞扬。

　　在它尚未破土动工之时，老师就在课堂上给我们描画它了：那里面真正是"楼上楼下电灯电话"，有煤气，有暖气，有电梯；住进那里的人，都不用自己做饭了，下了班就到食

它就像一片朝霞轰然升起在天边,矗立在四周黑压压望不到边的矮房之中,明朗,灿烂,神采飞扬。

《九层大楼》

堂去，想吃什么吃什么；那儿有俱乐部，休息的时候人们可以去下棋、打牌、锻炼身体；还有放映厅，天天晚上有电影，随便看；还有图书馆、公共浴室、医疗站、小卖部……总之，那楼里就是一个社会，一个理想社会的缩影或者样板，那儿的人们不分彼此，同是一个大家庭，可以说他们差不多已经进入了共产主义。慢慢地，那儿的人连钱都不要挣了。为什么？没用了呗。你们想想看，饿了你就到食堂去吃，冷了自有人给你做好了衣裳送来，所有的生活用品也都是这样——你需要是吗？那好，伸伸手，拿就是了。甭担心谁会多拿。请问你多拿了干吗用？卖去？拿还拿不过来呢，哪个傻瓜肯买你的？到那时候，每个人只要做好自己的一份工作就行了，别的事您就甭操心了，国家都给你想到了，比你自己想得还周到呢。你们想想，钱还有什么用？擦屁股都嫌硬！是呀是呀，咱们都生在了好时代，咱们都要住进那样的大楼里去。从现在起，那样的大楼就会一座接一座不停地盖起来，而且更高、更大、更加雄伟壮丽。对我们这些幸运的人来说，那样的生活已经不远了，那样的日子就在眼前……老师眉飞色舞地讲，多余的唾沫堆积在嘴角。我们则瞪圆了眼睛听，精彩处不由得鼓掌，由衷地庆贺，心说我们怎么来得这么是时候?

　　我和几个同学便常爬到城墙上去看,朝即将竖立起那座大楼的方向张望。

　　城墙残破不堪,有时塌方,听说塌下来的城砖和黄土砸死过人,家长坚决禁止我们到那儿去。可我们还是偷偷地去,不光是想早点看看那座大楼,主要是去玩。城墙千疮百孔,不知是人挖的还是雨水冲的,有好些洞,有的洞挺大,钻进去,黑咕隆咚地爬,一会儿竟然到了城墙顶,到了一些意想不到的地方。那儿荒草没人,洞口自然十分隐蔽,大家于是都想起了地道战,说日本鬼子要是再来,把丫的引到这儿,"乒!乒乒——"怎么样?

　　九层大楼的工地上,发动机日夜轰鸣,塔吊的长臂徐徐转动,指挥的哨声"嘟嘟"地响个不停。我们坐在草丛边看,猜想哪儿是俱乐部,哪儿是图书馆,哪儿是餐厅……记不得是谁说起了公共浴室,说在那儿洗澡,男的和女的一块儿洗。"别神了你!谁说的?""废话,公共浴室你懂不懂?""公共浴室怎么了,公共浴室就是澡堂子,你丫去没去过澡堂子?""哎哟哎哟你懂啊?公共浴室是公共浴室,澡堂子是澡堂子！""我不比你懂？澡堂子就是公共浴室！""那干吗不叫澡堂子，偏要叫公共浴室？"这一问令对方发蒙。大家也都沉思一会儿，想象着，真要是那样不分男女一块儿洗会是怎样一种场面。想了一会儿，想不出什么名堂，大家就又趴进草丛，看那工地上的推土机很像鬼子的坦克，便"乒乒乓乓"地朝那儿开枪。开了好一阵子，煞是无聊，便有人说那些"坦克"其实早他娘的完蛋了，兄弟们冲啊！于是冲锋，呐喊着冲下城墙，冲向那片工地。

在工地前沿，看守工地的老头把我们拦住："嘿嘿！哪儿来的这么一群倒霉孩子？都他妈给我站住！"只好都站住。地道战和日本鬼子之类都撇在脑后，这下我们可得问问那座大楼了：它什么时候建成啊？里面真的有俱乐部有放映厅吗？真的看电影不花钱？在公共浴室，真是男的女的一块儿洗澡吗？那老头大笑："美得你！"怎么是"美得你"？为什么是"美得你"？这问题尚不清楚，又有人问了：那，到了食堂，是想吃什么就吃什么吗？顿顿吃炖肉行吗？吃好多好多也没人说？老头道："就怕吃死你！"所有的孩子都笑，相信这大概不会假了。至于吃死嘛——别逗了！

但是我从没进过那座大楼。那样的大楼只建了一座即告结束。到现在我也不知道那楼里是什么样儿，到底有没有俱乐部和放映厅，不知道那种天堂一样的生活是否真的存在过。

那座九层大楼建成不久，所谓"三年困难时期"就到了。说不定是"老吃炖肉"这句话给说坏了，结果老也吃不上炖肉了。肉怎么忽然之间就没了呢？鱼也没了，油也没了，粮食也越来越少，然后所有的衣食用物都要凭票供应了。每个月，有一个固定的日子，在一个固定的地点，人们谨慎又庄严地排好队，领取各种票证：红的、绿的、黄的，一张张如邮票大小的薄纸。领到的人都再细数一遍，小心地掖进怀里，嘴里念叨着，这个月又多了一点儿什么，或是又少了一点儿什么。都有什么，以及都是多少，已经记不清了，但是我开始知道饿是怎么回事了。饿就是肚子里总在叫，而脑子里不断涌现出好吃的东西。饿就是晚上早早地睡觉，把所有好吃的东西都带到梦里去。饿，还是早晨天不亮就起来，跟着奶奶到商场门口去等着，看看能不能撞上好运气买一点儿既不要票而又能吃的东西回来；或者是到肉铺门前去排队，把一两张彩色的肉票换成确凿无疑的一点儿肥肉或者大油。倘那珍贵的肉票仅仅换来一小条瘦肉加猪皮，那简直就是一次人格的失败，所有的目光都给你送来哀怜。要是能买到大油情况就不一样了，你托着一块大油你就好像高人一等，所有的路人都向你注目，当然是先看那块大油然后才看你。目光在大油上滞留良久，然后挪向你。这时候你要清醒，倘得赞许，多半是由于那块大油；倘见疑虑，你务必要检点自己。当然，油不如人的时候也有，倘那大油是一块并不怎么样的大油，油的主人却慈眉善目或仪表堂堂，对此人们也会公正地表示遗憾，眉宇间的惋惜如同对待一个大牌明星偶尔的失误。而要是一个蒙昧未开的孩子竟然托着一块极品大油呢，人们或猜他有些来历，或者就要关照他说："拿好了快回家吧！"意思是：知道你拿的什么不？

　　实在说，那几年我基本上还能吃到八成饱，可母亲和奶奶都饿得浮肿，腿上、手上一摁一个坑。那时我还不知道中国发生了什么，不知道农村已经饿死了很多人。但我在我家门前见过两兄弟，夏天，他们都穿着棉衣，坐在太阳底下数黄豆。他们已经几天没吃饭了，终于得到一把黄豆便你一个我一个地分，准备回去煮了吃。我还见过我们班上的一个同学,上课时他趴在桌上睡,老师把他叫站起来,他一站起来就倒下去。过后才知道,他的父母不会计划,一个月的粮食半个月就差不多吃光,剩下的日子顿顿喝米汤。

我的奶奶很会计划,每顿饭下多少米她都用碗量,量好了再抓出一小撮放进一个小罐,以备不时之需。小罐里的米渐渐多起来,奶奶就买回两只小鸡,偶尔喂它们一点儿米,希望终于能够得到蛋。"您肯定它们是母鸡?""错不了。"两只小鸡慢慢长大了些,浑身雪白,我把它们放在晾衣绳上,使劲摇,悠悠荡荡悠悠荡荡我希望它们能就势展翅高飞。然而它们却前仰后合,一惊一乍地叫,瞅个机会"扑啦啦"飞下地,惊魂久久不定。奶奶说:"那不是鸽子那是鸡!老这么着你还想不想吃鸡蛋?"

两只鸡越长越大,果然都是母的,奶奶说得给它们砌个窝了。我和父亲便去城墙下挖黄土,起城砖,准备砌鸡窝。城墙边,挖土起砖的人络绎不绝,一问,都是要砌鸡窝,便互相交流经验。城墙于是更加残破,化整为零都变成了鸡窝。有些地方城砖已被起光,只剩一道黄土岗,起风时黄尘满天。黄尘中,九层大楼依然巍峨地矗立在不远处,灿烂如一道晚霞。挖土的人们累了,直直腰,擦擦汗,那一片灿烂必进入视野，躲也躲不开。

　　想不到的是，就在那九层大楼的另一侧，在它的辉煌雄伟的遮掩之下，我又见到了那座教堂的钟楼，孤零零的，黯然无光。它的脚下是个院子，院子里有几排房，拥拥挤挤地住了很多人家。但其中的一排与众不同，门锁着，窗上挂着白色的纱帘，整洁又宁静。

　　我的一个小学同学就住在那院子里，是他带我去他家玩，不期而遇我又见到了那座钟楼。它肯定是我当年看到的那座吗？如果那儿从来只有一座，便是了。我不敢说一定。周围的景物已经大变，晾晒的衣裳挂得纵横交错，家家门前烟熏火燎，窗台上一律排放着蜂窝煤和大白菜。收音机里正播放着长篇小说《小城春秋》。董行佶那低沉郁悒的声音极具特色，以至那小说讲的都是什么我已忘记，唯记住了一座烟雨迷蒙的小城，以及城中郁郁寡欢的居民。

　　我并不知道那排与众不同的房子是怎么回事，但它的整洁宁静吸引了我。我那同学说："别去，我爸和我妈不让我去。"但我还是走近它，战战兢兢地走上台阶，战战兢兢地从窗帘的缝隙间往里看。里面像是个会议室，一条长桌，两排高背椅，正面墙上有个大镜框，一道斜阳刚好投射在上面，镜框中是一个女人抱着一个婴儿。再没有别的什么了。

"这儿是干吗的？"

"不知道。我爸和我妈从来都不让我问。"

"唔，我知道了。"

可是我知道了。镜框中的女人无比安详，慈善的目光中又似有一缕凄哀。不，那时我还不知道她是谁，但她的眼神、她的姿态、她的沉静，加上四周白色的纱帘和那一缕淡淡的夕阳，我心中的懵懂又一次被惊动了，虽不如第一次那般强烈，但却有久别重逢的喜悦。我仿佛又听见了那钟声，那歌唱，脚踩落叶的轻响，以及风过树林那一片辽阔的沙沙声……

"你知道什么了？"

"我也不知道。"

"那你说你知道了？"

"我就是知道了。不信拉倒。"

2001年3月15日完成
2004年2月24日修订

记忆与印象·二

历史的每一瞬间，都有无数的历史蔓展，都有无限的时间延伸。我们生来孤单，无数的历史和无限的时间因破碎而成片断。互相埋没的心流，在孤单中祈祷，在破碎处眺望，或可指望在梦中团圆。记忆，所以是一个牢笼。印象是牢笼以外的天空。

1·重病之时

重病之时,有几行诗样的文字清晰地走进过我的昏睡:

最后的练习是沿悬崖行走
梦里我听见,灵魂
像一只飞虻
在窗户那儿嗡嗡作响
在颤动的阳光里,边舞边唱
眺望就是回想。

重病之时整天是梦。梦见熟悉的人、熟悉的往事,也梦见陌生的人和完全陌生的景物。偶尔醒来,窗外是无边的暗

记忆与印象

夜，是恍惚的晴空，是心里的怀疑：

> 谁说我没有死过？
> 出生以前，太阳
> 已无数次起落
> 悠久的时光被悠久的虚无吞并
> 又以我生日的名义
> 卷土重来。

重病之时，寒冷的冬天里有过一个奇迹——我在梦中学会了一支歌。梦中，一群男孩和女孩齐声地唱：生生露生雪，生生雪生水，我们友谊，幸福长存。莫名其妙的歌词，闻所未闻的曲调，醒来竟还会唱，现在也还会。那些孩子，有我认识的，也有的我从未见过，他们就站在我儿时的那个院子里，轻轻地唱，轻轻地摇，四周虚暗，瑞雪霏霏。

这奇妙的歌，不知是何征兆。

懂些医道的人说好——"生生"，是说你还要活下去；"生水"嘛，肾主水，你不是肾坏了吗？那是说你的生命之水枯而未竭，或可再度丰沛。

是吗？不有些牵强？

不过，我更满意后两句：我们友谊，幸福长存。

那群如真似幻的孩子，在我昏黑的梦里翩然不去。那清明畅朗的童歌，确如生命之水，在我僵冷的身体里悠然荡漾。

妻子没日没夜地守护着我；任何时候睁开眼，都见她在我身旁。我看她，也像那群孩子中的一个。

我说："这一回，恐怕真是要结束了。"

她说："不会。"

我真的又活过来。太阳重又真实。昼夜更迭，重又确凿。我把梦里的情景告诉妻子，她反倒脆弱起来，待我把那支歌唱给她听，她已是泪水涟涟。

我又能摇着轮椅出去了，走上阳台，走到院子里，在早春的午后，把那几行梦中的诗句补全：

午后，如果阳光静寂

你是否能听出

往日已归去哪里？

记忆与印象

在光的前端,或思之极处
在时间被忽略的存在之中
生死同一。

2·八子

童年的伙伴,最让我不能忘怀的是八子。几十年来,不止一次,我在梦中又穿过那条细长的小巷去找八子。巷子窄到两个人不能并行,两侧高墙绵延,巷中只一户人家。过了那户人家,出了小巷东口,眼前豁然开朗,一片宽阔的空地上有一棵枯死了半边的老槐树,有一处公用的自来水,有一座山似的煤堆。八子家就在那儿。梦中我看见八子还在那片空地上疯跑,领一群孩子呐喊着向那山似的煤堆上冲锋,再从煤堆爬上院墙,爬上房顶,偷摘邻居院子里的桑椹。八子穿的还是他姐姐穿剩下的那条碎花裤子。

八子兄弟姐妹一共十个。一般情况,新衣裳总是一、三、五、七、九先穿,穿小了,由排双数的继承。老七是个姐,故继承一事常让八子烦恼。好在那时无论男女，衣装多是灰蓝二色，八子所以还能坦然。只那一条碎花裤子让他倍感羞辱。那裤子紫地白花，七子一向珍爱，还有点儿舍不得给。八子心说谢天谢地最好还是你自个儿留着穿，可是母亲不依，冲七子喊："你穿着小了，不八子穿谁穿？"七、八于是齐声叹气。八子把那裤子穿到学校，同学们都笑他，笑那是女人穿的，是娘们儿穿的，是"臭美妞儿才穿的呢"！八子羞愧得无地自容，以致蹲在地上用肥大的衣襟盖住双腿，半天不敢起来，光是笑。八子的笑毫无杂质，完全是承认的表情，完全是接受的态度，意思是：没错儿，换了别人我也会笑他的，可惜这回是我。

　　大伙儿笑一回也就完了，唯一个可怕的孩子不依不饶。（这孩子，姑且叫他K吧；我在《务虚笔记》里写过，他矮小枯瘦但所有的孩子都怕他。他有一种天赋本领，能够准确区分孩子们的性格强弱，并据此经常地给他们排一排座次——我第一跟谁好，第二跟谁好……以及我不跟谁好——于是，孩子们便都屈服在他的威势之下。）K平时最怵八子，八子身后有四个如狼似虎的哥；K因此常把八子排在"我第一跟你好"的位置。然而八子特立独行，对K的威势从不在意，对

关于往日，我能写的，只是我的记忆和印象。

记忆，所以是一个牢笼。印象是牢笼以外的天空。

《记忆与印象》

K 的拉拢也不领情。如今想来，K 一定是对八子记恨在心，但苦于无计可施。这下机会来了——因为那条花裤子，K 敏觉到降服八子的时机到了。K 最具这方面才能，看见谁的弱点立刻即知怎样利用。拉拢不成就要打击，K 生来就懂。比如上体育课时，老师说："男生站左排，女生站右排。"K 就喊："八子也站右排吧？"引得哄堂大笑，所有的目光一齐射向八子。再比如一群孩子正跟八子玩得火热，K 踅步旁观，冷不丁拣其中最懦弱的一个说："你干吗不也穿条花裤子呀？"最懦弱的一个发一下蒙，便困窘地退到一旁。K 再转向次懦弱的一个："嘿，你早就想跟臭美妞儿一块玩儿了是不是？"次懦弱的一个便也犹犹豫豫地离开了八子。我说过我生性懦弱，我不是那个最，就是那个次。我惶惶然离开八子，向 K 靠拢，心中竟跳出一个卑鄙的希望：也许，K 因此可以把"跟我好"的位置往前排一排。

  K 就是这样孤立对手的，拉拢或打击，天生的本事，八子身后再有多少哥也是白搭。你甚至说不清道不白就已败在 K 的手下。八子所以不曾请他的哥哥们来帮忙，我想，未必是他没有过这念头，而是因为 K 的手段高超，甚至让你都不知何以申诉。你不得不佩服 K。你不得不承认那也是一种天才。那

记忆与印象

个矮小枯瘦的K，当时才只有十一二岁！他如今在哪儿？这个我童年的惧怕，这个我一生的迷惑，如今在哪儿？时至今日我也还是弄不大懂，他那恶毒的能力是从哪儿来的？如今我已年过半百，所经之处仍然常能见到K的影子，所以我在《务虚笔记》中说过：那个可怕的孩子已经长大，长大得到处都在。

我投靠在K一边，心却追随着八子。所有的孩子也都一样，向K靠拢，但目光却羡慕地投向八子——八子仍在树上快乐地攀爬，在房顶上自由地蹦跳，在那片开阔的空地上风似的飞跑，独自玩得投入。我记得，这时K的脸上全是嫉恨，转而恼怒。终于他又喊了："花裤子！臭美妞儿！"怯懦的孩子们（我也是一个）于是跟着喊："花裤子！臭美妞儿！花裤子！臭美妞儿！"八子站在高高的煤堆上，脸上的羞惭已不那么纯粹，似乎也有了畏怯、疑虑，或是忧哀。

因为那条花裤子，我记得，八子也几乎被那个可怕的孩子打倒。

八子要求母亲把那条裤子染蓝。母亲说："染什么染？再穿一季，我就拿它做鞋底儿了。"八子说："这裤子还是让我姐穿吧。"母亲说："那你呢，光眼子？"八子说："我穿我六哥那条黑的。"母亲说:"那你六哥呢?"八子说:"您给他做条新的。"母亲说:"嘿这孩子,什么时候挑起穿戴来了?边儿去!"

一个礼拜日,我避开K,避开所有别的孩子,去找八子。我觉着有愧于八子。穿过那条细长的小巷,绕过那座山似的煤堆,站在那片空地上我喊:"八子!八子——""谁呀?"不知八子在哪儿答应。"是我!八子,你在哪儿呢?""抬头,这儿!"八子悠然地坐在房顶上,随即扔下来一把桑椹:"吃吧,不算甜,好的这会儿都没了。"我暗自庆幸,看来他早把那些不愉快的事给忘了。

我说:"你下来。"

八子说:"干吗?"

是呀,干吗呢?灵机一动我说:"看电影,去不去?"

八子回答得干脆:"看个屁,没钱!"

我心里忽然一片光明。我想起我兜里正好有一毛钱。

"我有,够咱俩的。"

八子立刻猫似的从树上下来。我把一毛钱展开给他看。

"就一毛呀?"八子有些失望。

我说:"今天礼拜日,说不定有儿童专场,五分一张。"

八子高兴起来:"那得找张报纸瞅瞅。"

我说:"那你想看什么?"

"我?随便。"但他忽然又有点儿犹豫,"这行吗?"意思是:花你的钱?

我说:"这钱是我自己攒的,没人知道。"

走进他家院门时,八子又拽住我:"可别跟我妈说,听见没有?"

"那你妈要是问呢?"

八子想了想:"你就说是学校有事。"

"什么事?"

"你丫编一个不得了?你是中队长,我妈信你。"

好在他妈什么也没问。他妈和他哥、他姐都在案前埋头印花(即在空白的床单、桌布或枕套上印出各种花卉的轮廓,以便随后由别人补上花朵和枝叶)。我记得,除了八子和他的两个弟弟——九儿和石头,当然还有他父亲,他们全家都干这活儿,没早没晚地干,油彩染绿了每个人的手指,染绿了条案,甚至墙和地。

报纸也找到了,场次也选定了,可意外的事发生了。九儿首先看穿了我们的秘密。八子冲他挥挥拳头："滚！"可随后石头也明白了："什么，你们看电影去？我也去！"八子再向石头挥拳头，但已无力。石头说："我告妈去！"八子说："你告什么？""你花人家的钱！"八子垂头丧气。石头不好惹，石头是爹妈的心尖子，石头一哭，从一到九全有罪。

"可总共就一毛钱！"八子冲石头嚷。

"那不管，反正你去我也去。"石头抱住八子的腰。

"行，那就都甭去！"八子拉着我走开。

但是九儿和石头寸步不离。

八子说："我们上学校！"

九儿和石头说："我们也上学校。"

八子笑石头："你？是我们学校的吗你？"

石头说："是！妈说明年我也上你们学校。"

八子拉着我坐在路边。九儿拉着石头跟我们面对面坐下。

八子几乎是央求了："我们上学校真是有事！"

九儿说："谁知道你们有什么事？"

石头说："没事怎么了，就不能上学校？"

八子焦急地看着太阳。九儿和石头耐心地盯着八子。

看看时候不早了，八子说："行，一块儿去！"

我说:"可我真的就一毛钱呀!"

"到那儿再说。"八子冲我使眼色,意思是:瞅机会把他们甩了还不容易?

横一条胡同,竖一条胡同,八子领着我们犄里拐弯地走。九儿说:"别蒙我们八子,咱这是上哪儿呀?"八子说:"去不去?不去你回家。"石头问我:"你到底有几毛钱?"八子说:"少废话,要不你甭去。"犄里拐弯,犄里拐弯,我看出我们绕了个圈子差不多又回来了。九儿站住了:"我看不对,咱八成真是走错了。"八子不吭声,拉着石头一个劲儿往前走。石头说:"咱抄近道走,是不是八子?"九儿说:"近个屁,没准儿更远了。"八子忽然和蔼起来:"九儿,知道这是哪儿吗?"九儿说:"这不还是北新桥吗?"八子说:"石头,从这儿,你知道怎么回家吗?"石头说:"再往那边不就是你们学校了吗?我都去过好几回了。""行!"八子夸石头,并且胡噜胡噜他的头发。九儿说:"八子,你想干吗?"八子吓了一跳,赶紧说:"不干吗,考考你们。"这下八子放心了,若无其事地再往前走。

变化只在一瞬间。在一个拐弯处,说时迟那时快,八子一把拽起我钻进了路边的一家院门。我们藏在门背后，紧贴墙，大气不出，听着九儿和石头的脚步声走过门前，听着他们在那儿徘徊了一会儿，然后向前追去。八子探出头瞧瞧，说一声"快"，我们跳出那院门，转身向电影院飞跑。

但还是晚了，那个儿童专场已经开演半天了。下一场呢？下一场是成人场，最便宜的也得两毛一位了。我和八子站在售票口前发呆，真想把时钟倒拨，真想把价目牌上的两角改成五分，真想忽然从兜里又摸出几毛钱。

"要不，就看这场？"

"那多亏呀？都演过一半了。"

"那，买明天的？"

我和八子再到价目牌前仰望：明天，上午没有儿童场，下午呢？还是没有。"干脆就看这场吧？""行，半场就半场。"但是卖票的老头说："钱烧的呀你们俩？这场说话就散啦！"

八子沮丧地倒在电影院前的台阶上，不知从哪儿捡了张报纸，盖住脸。

我说："嘿八子，你怎么了？"

八子说："没劲！"

我说:"这一毛钱我肯定不花,留着咱俩看电影。"

八子说:"九儿和石头这会儿肯定告我妈了。"

"告什么?"

"花别人的钱看电影呗。"

"咱不是没看吗?"

八子不说话,唯呼吸使脸上的报纸起伏掀动。

我说:"过几天,没准儿我还能再攒一毛呢,让九儿和石头也看。"

有那么一会儿,八子脸上的报纸也不动了,一丝都不动。

我推推他:"嘿,八子?"

八子掀开报纸说:"就这么不出气儿,你能憋多会儿?"

我便也就地躺下。八子说"开始",我们就一齐憋气。憋了一回,八子比我憋得长。又憋了一回,还是八子憋得长。憋了好几回,就一回我比八子憋得长。八子高兴了,坐起来。

我说:"八成是你那张报纸管用。"

"报纸?那行,我也不用。"八子把报纸甩掉。

我说:"甭了,我都快憋死了。"

八子看看太阳,站起来:"走,回家。"

我坐着没动。

八子说:"走哇?"

我还是没动。

八子说:"怎么了你?"

我说:"八子你真的怕 K 吗?"

八子说:"操,我还想问你呢。"

我说:"你怕他吗?"

八子说:"你呢?"

我不知怎样回答,或者是不敢。

八子说:"我瞧那小子,顶他妈不是东西!"

"没错儿,丫老说你的裤子。"

"真要是打架,我怕他?"

"那你怕他什么?"

"不知道。你呢?"

"我也不知道。"

现在想来,那天我和八子真有点儿当年张学良和杨虎城的意思。

终于八子挑明了。八子说:"都赖你们,一个个全怕他。"

我赶紧说:"其实,我一点儿都不想跟他好。"

八子说:"操,那小子有什么可怕的?"

"可是,那么多人,都想跟他好。"

"你管他们干吗?"

"反正,反正他要是再说你的裤子,我肯定不说。"

"他不就是不跟咱玩吗?咱自己玩,你敢吗?"

"咱俩?行!"

"到时候你又不敢。"

"敢,这回我敢了。可那得,咱俩谁也不能不跟谁好。"

"那当然。"

"拉钩,你干不干?"

"拉钩上吊,一百年不许变!拉钩上吊,一百年不许变——"

"他要不跟你好,我跟你好。"

"我也是,我老跟你好。"

"拉钩上吊,一百年不许变!拉钩上吊,一百年不许变——"

轰的一声,电影院的门开了,人流如涌,鱼贯而出,大人喊孩子叫。

我和八子拉起手,随着熙攘的人流回家。现在想起来,我那天的行为是否有点儿狡猾?甚至丑恶?那算不算是拉拢,像 K 一样？不过，那肯定算得上是一次阴谋造反！但是那一天，那一天和这件事，忽然让我不再觉得孤单，想起明天也不再觉得惶恐、忧哀，想起小学校的那座庙院也不再觉得那么阴郁和荒凉。

我和八子手拉着手，过大街，走小巷，又到了北新桥。忽然，一阵炸灌肠的香味儿飘来。我说："嘿，真香！"八子也说："嗯，香！"四顾之时，见一家小吃摊就在近前。我们不由得走过去，站在摊前看。大铁铛上"嗞啦嗞啦"地冒着油烟，一盘盘粉红色的灌肠盛上来，再浇上蒜汁，晶莹剔透煞是诱人。摊主不失时机地吆喝："热灌肠啊！不贵啦！一毛钱一盘的热灌肠呀！"我想那时我一定是两眼发直，唾液盈口，不由得便去兜里摸那一毛钱了。

"八子，要不咱先吃了灌肠再说吧？"

八子不示赞成，也不反对，意思是：钱是你的。

一盘灌肠我们俩人吃，面对面，鼻子几乎碰着鼻子。八子脸上又是愧然地笑了，笑得毫无杂质，意思是：等我有了钱吧，现在可让我说什么呢？

那灌肠真是香啊，人一生很少有机会吃到那么香的东西。

3·看电影

我和八子一起去的那家影院,叫交道口影院。小时候,我家附近,方圆五六里内,只这一家影院。此生我看过的电影,多半是在那儿看的。

"上哪儿呀您？""交道口。"或者:"您这是干吗去？""交道口。"在我家那一带,这样的问答已经足够了,不单问者已经明白,听见的人便都知道,被问者是去看电影的。所以,在我童年一度的印象里,"交道口"和"电影院"是同义的。记得有一回在街上,一个人问我:"小孩儿,交道口怎么走？"我指给他:"往前再往右,一座灰楼。""灰楼？"那人不解。我说:"写着呢,老远就能看见——交道口影院。"那人笑了:"影院干吗？我去交道口！交道口,知道不？"这下轮到我发蒙了。那人着急:"好吧好吧,交道口影院,怎么走?"我再给他指一遍;心说这不结了,你知道还是我知道?但也就在这时,我忽然醒悟:那电影院是因地处交道口而得名。

八十年代末这家电影院拆了。这差不多能算一个时代的结束,从此我很少看电影了,一是票价忽然昂贵,二是有了录像和光盘,动听的说法是"家庭影院"。

但我还是怀念"交道口",那是我的电影启蒙地。我平生看过的第一部电影是《神秘的旅伴》,片名是后来母亲告诉我的。我只记得一个漂亮的女人总在银幕上颠簸,神色慌张,其身型时而非常之大,以至大出银幕,时而又非常之小,小到看不清她的脸。此外就只是些破碎的光影,几张晃动的、丑陋的脸。我仰头看得劳累,大约是太近银幕之故。散场时母亲见我还睁着眼,抱起我,竟有骄傲的表情流露。回到家,她跟奶奶说:"这孩子会看电影了,一点儿都没睡。"我却深以为憾:那儿也能睡吗,怎不早说?奶奶问我:"都看见什么了?"我转而问母亲:"有人要抓那女的?"母亲大喜过望:"对呀!坏人要害小黎英。"我说:"小黎英长得真好看。"奶奶抚掌大笑道："就怕这孩子长大了没别的出息。"

通往交道口的路，永远是一条快乐的路。那时的北京蓝天白云，细长的小街上一半是灰暗错落的屋影，一半是安闲明澈的阳光。一票在手有如节日，几个伙伴相约一路，可以玩弹球儿，可以玩"骑马打仗"。还可在沿途的老墙和院门上用粉笔画一条连续的波浪，碰上院门开着，便站到门旁的石墩上去，踮着脚尖让那波浪越过门楣，务使其毫不间断。倘若敞开的院门里均无怒吼和随后的追捕，这波浪便可一直能画到影院的台阶上。

坐在台阶上，等候影院开门，钱多的更可以买一根冰棍骄傲地嘬。大家瞪着眼看他和他的冰棍，看那冰棍迅速地小下去，必有人忍无可忍，说："喂，开咱一口。"开者嘬也，你就要给他嘬上一口。继续又有人说了："也开咱一口。"你当然还要给，快乐的日子里做人不能太小气。大家在灿烂的阳光下坐成一排，舒心地等候，小心地嘬——这样的时刻似乎人人都有责任感，谁也不忍一口嘬去太多。

有部反特片，《徐秋影案件》，甚是难忘。那是我头一回看露天电影，就在我们小学的操场上。票价二分，故所有的孩子都得到了家长的赞助。晚霞未落，孩子们便一群一伙地出发了，扛个小板凳，或沿途捡两块砖头，希望早早去占个好位置。天黑时，白色的银幕升起来，就挂在操场中央，月亮下面。幕前幕后都坐满了人。有一首流行歌曲怀念过这样的情景，其中一句大意是：如今再也看不到银幕背后的电影了。

那个电影着实阴森可怖，音乐一惊一乍地令人毛骨悚然，黑白的光影里总好像暗伏杀机。尤其是一个漂亮女人（后来才知是特务），举止温文尔雅，却怎么一颦一笑总显得犹疑，警惕？影片演到一半，夜风忽起，银幕飘飘抖抖更让人难料凶吉。我身上一阵阵地冷，想看又怕看，怕看但还是看着。四周树影沙沙，幕边云移月走，剧中的危惧融入夜空，仿佛满天都是凶险，风中处处阴谋。

好不容易挨到散场，八子又有建议："咱玩抓特务吧。"我想回家，八子说不行，人少了怎么玩？月光清清亮亮，操场上只剩了几个放电影的人在收起银幕。谁当特务呢？白天会抢着当的，这会儿没人争取。特务必须独往独来，天黑得透，一个人还是怕。耗子最先有了主意："瞧，那老头！"八子顺着她的手指看："那老头？行，就是他！"小不点儿说：

109

"没错儿,我早注意他了,电影完了他干吗还不走?"那无辜的老头蹲在小树林边的暗影里抽烟,面目不清,烟火时明时暗。虎子说:"老东西正发暗号呢!"八子压低声音:"瞧瞧去,接暗号的是什么人?"一队人马便潜入小树林。八子说:"这哪儿行?散开!"于是散开,有的贴着墙根走,有的在地上匍匐,有的隐蔽在树后;吹一声口哨或学一声蛐蛐叫,保持联络。四处灯光不少,难说哪一盏与老头有关,如此看来就先包围了他再说吧。四面合围,一齐收紧,逼近那"老东西"。小不点儿眼尖,最先咮咮地笑起来:"虎子,那是你爷爷!"

几十年后我偶然在报纸上读到,《徐秋影案件》是根据了一个真实故事,但"徐秋影"跟虎子他爷爷那夜的遭遇一样,是个冤案。

模仿电影里的行动,是一切童年必有的乐事。比如现在的电影,多有拳争武斗,孩子们一招一式地学来,个个都像一方帮主。几十年前的电影呢,无非是打仗的、反特的、潜入敌营去侦察的;枪林弹雨,出生入死,严刑拷打,宁死不屈,最后必是胜利大反攻,咱的炮火愤怒而且猛烈,歼敌无

Z 州，一向都在沉默中。但沉默的深处悲欢俱在，无比生动。

《老家》

数。因而,曾有一代少年由衷地向往那样的烽火硝烟。("首长,让我们上前线吧,都快把人憋死了!""怎么,着急了?放心,有你们的仗打。")是呀,打死敌人你就是英雄,被敌人打死你就还是英雄,这可是多么值得!故而冲锋号一响,银幕上炮火横飞——一批年轻人撂倒了另一批年轻人,一些被怀念的恋人消灭了另一些被怀念的恋人——场内立刻一片欢腾。是嘛,少男少女们花钱买票是为什么来的?开心,兴奋,自由欢叫,激情涌泄。这让我想通了如今的"追星族"。少年狂热古今无异,给他个偶像他就发烧,终于烧到哪儿去就不好说。比如我们这一代,忽然间就烧进了"文化大革命"。

"文化大革命"了,造反了,大批判了,电影是没的看了,电影院全关张了,电影统统地有问题。电影厂也不再神秘,敞开大门,有请各位帮忙造反。有一回去北影看大字报,发现昔日的偶像都成了"黑帮",看来看去心里怪怪的。"黄世仁"和"穆仁智"一类倒也罢了,可"洪常青"和"许云峰"等等怎么回事?一旦弯在台上挨斗,可还是那般大义凛然?明白明白,要把演员和角色择开,但是明白归明白,心里还是怪怪的。

电影院关张了几年，忽有好消息传来：要演《列宁在十月》了，要演《列宁在一九一八》了。阿芙乐尔号的炮声又响了，这一回给咱送来了什么？人们一遍遍地看（否则看啥），一遍遍复习里面的台词（久疏幽默），一遍遍欣赏其中的芭蕾舞片段（多短的裙子和多美的其他），一遍遍凝神屏气看瓦西里夫妇亲吻（这两口子胆儿可真大）。在我的印象里，就从这时，国人的审美立场发生着动摇，竭力在炮火狼烟中拾捡温情，在一个执意不肯忘记仇恨的年代里思慕着爱恋。

《艳阳天》是停顿了若干后中国的第一部国产片。该片上演时我已坐上轮椅，而且正打算写点儿什么。票很难买，电影院门前彻夜有人排队。托了人，总算买到一张票，我记得清楚，是早场五点多的，其他场次要有更强大的"后门"。

还是交道口，还是那条路，沿途的老墙上仍有粉笔画的波浪，真可谓代代相传。一夜大雪未停，事先已探知手摇车不准入场，母亲便推着那辆自制的轮椅送我去。那是我的第一辆轮椅，是父亲淘换了几根钢管回来求人给焊的，结构不很合理，前轮总不大灵活。雪花纷纷地还在飞舞，在昏黄的路灯下仿佛一群飞蛾。路上的雪冻成了一道道冰棱子,母亲推得沉重,但母亲心里快乐。(因为那是一条永远快乐的路吗?)母亲知道我正打算写点儿什么,又知道我跟长影的一位导演有着通信,所以她觉得推我去看这电影是非常必要的,是一件大事。怎样的大事呢?我们一起在那条快乐的雪路上跋涉时,谁也没有把握,唯朦胧地都怀着希望。她把我推进电影院,安顿好,然后回家。谢天谢地她不必在外面等我,命运总算有怜恤她的时候——交道口离我家不远,她只需送我来,只需再接我回去。

再过几年,有了所谓"内部电影"。据说这类电影"四人帮"时就有,唯内部得更为严格。现在略有松动。初时百姓不知,见夜色中开来些大小轿车,纷纷在剧场前就位,跳出来的人们神态庄重,黑压压地步入剧场,百姓还以为是开什么要紧的会。内部者,即级别够高、立场够稳、批判能力够强,为各种颜色都难毒倒的一类。再就是内部的内部,比如老婆,又比如好友。影片嘛,东洋西洋的都有,据说运气好还能撞上半裸或全裸的女人。据说又有洁版和全版之分,这要视内部的级别高低而定。然而没有不透风的墙呀——检票

113

记忆与印象

员不得已而是外部,放映员没办法也得是外部,可外部难免也有其内部,比如老婆,又比如好友。如此一算,全国人民就都有机会当一两回内部,消息于是不胫而走。再有这类放映时,剧场前就比较沸腾,比较火暴,也不知从哪儿涌出来这么多的内部和外部!广大青年们尤其想:裸体!难道不是我们看了比你们看了更有作用?有那么一段不太长久的时期,一张内部电影票,便是身份或者本领的证明。

"内部电影"风风火火了一阵子之后,有人也送了我一张票。"啥名儿?""没准儿,反正是内部的。"无风的夏夜,树叶不动,我摇了轮椅去看平生的第一回内部电影。从雍和宫到那个内部礼堂,摇了一个多钟头,沿街都是乘凉的人群。那时我身体真好,再摇个把钟头也行。然而那礼堂的台阶却高,十好几层,我喘吁吁地停车阶下,仰望阶上,心知凶多吉少。但既然来了,便硬着头皮喊那个检票人——请他从台阶上下来,求他帮忙想想办法让我进去。检票人听了半天,跑回去叫来一个领导。领导看看我:"下不来?"我说是。领导转身就走,甩下一句话:"公安局有规定,任何车辆不准入内。"倒是那个检票人不时向我投来抱歉的目光。我没做太多争取。我不想多做争辩。这样的事已不止十回，智力正常如我者早有预料。只不过碰碰运气。若非内部电影，我也不会跑这么远来碰运气。不过呢，来一趟也好，家里更是闷热难熬。况且还能看看内部电影之盛况，以往只是听说。这算不算体验生活？算不算深入实际？我退到路边，买根冰棍坐在树影里嚼。于是想念起交道口，那儿的人都认识我了，见我来了就打开太平门任我驱车直入——太平门前没有台阶。可惜那儿也没有内部电影，那儿是外部。那儿新来了个小伙子，姓项，那儿的人都叫他小项。奇怪小项怎么头一回见我就说："嘿哥们儿，也写部电影吧，咱们瞧瞧。"

小项不知现在何方。

小项猜对了。小项那样说的时候，我正在写一个电影剧本。那完全是因为柳青的鼓励。柳青，就是长影那个导演。第一次她来看我就对我说："干吗你不写点儿什么？"她说中了我的心思，但是电影，谁都能写吗？以后柳青常来看我，三番五次地总对我说："小说，或者电影，我看你真的应该写点儿什么。"既然一位专业人士对我有如此信心，我便悄悄地开始写了。既然对我有如此信心的是一位导演，我便从电影剧本开始。尤其那时，我正在一场不可能成功的恋爱中投注着全部热情，我想我必得做一个有为的青年。尤其我曾爱恋着的人，也对我抱着同样的信心——"真的，你一定行"——我便没日没夜地满脑子都是剧本了。那时母亲已经不在，通往交道口的路上，经常就有一对暂时的恋人并步而行（其实是脚步与车轮）。暂时，是明确的，而暂时的原因，有必要深藏不露——不告诉别人，也避免告诉自己。但是暂时，只说明时间，不说明品质，在阳光灿烂的那条快乐的路上，在雨雪之中的那家影院的门廊下，爱恋，因其暂时而更珍贵。在幽暗的剧场里他们挨得很紧，看那辉煌的银幕时，他们复习着一致的梦想：有一天，在那儿，银幕上，编剧二字之后，"是你的名字"——她说；"是呀但愿"——我想。

然而，终于这一天到来之时，时间已经远远地超过了暂时。我独自看那"编剧"后面的三个字，早已懂得：有为，与爱情，原是风马牛不相及的两个领域。但暂时，亦可在心中长久，而写作，却永远地不能与爱情无关。

4·珊珊

那些天珊珊一直在跳舞。那是暑假的末尾,她说一开学就要表演这个节目。

晌午,院子里很静。各家各户上班的人都走了,不上班的人在屋里伴着自己的鼾声。珊珊换上那件白色的连衣裙,"吱呀"一声推开她家屋门,走到老海棠树下,摆一个姿势,然后轻轻起舞。

"吱呀"一声我也从屋里溜出来。

"干什么你?"珊珊停下舞步。

"不干什么。"

我煞有介事地在院子里看一圈,然后在南房的阴凉里坐下。

记忆与印象

海棠树下,西番莲开得正旺,草茉莉和夜来香无奈地等候着傍晚。蝉声很远,近处是"嗡嗡"的蜂鸣,是盛夏的热浪,是珊珊的喘息。她一会儿跳进阳光,白色的衣裙灿烂耀眼,一会儿跳进树影,纷乱的图案在她身上漂移、游动;舞步轻盈,丝毫也不惊动海棠树上入睡的蜻蜓。我知道她高兴我看她跳,跳到满意时她瞥我一眼,说:"去——"既高兴我看她,又说"去",女孩子真是搞不清楚。

我仰头去看树上的蜻蜓,一只又一只,翅膀微垂,睡态安详。其中一只通体乌黑,是难得的"老膏药"。我正想着怎么去捉它,珊珊喘吁吁地冲我喊:"嘿快,快看哪你,就要到了。"

她开始旋转,旋转进明亮,又旋转得满身树影纷乱,闭上眼睛仿佛享受,或者期待,她知道接下来的动作会赢得喝彩。她转得越来越快,连衣裙像降落伞一样张开,飞旋飘舞,紧跟着一蹲,裙裾铺开在海棠树下,圆圆的一大片雪白,一大片闪烁的图案。

"嘿,芭蕾舞!"我说。

"笨死你!"她说,"这是芭蕾舞呀?"

无论如何我相信这就是芭蕾舞,而且我听得出珊珊其实喜欢我这样说。在一个九岁的男孩看来,芭蕾并非一个舞种,芭蕾就是这样一种动作——旋转,旋转,不停地旋转,让裙子飞起来。那年我可能九岁。如果我九岁,珊珊就是十岁。

又是"吱呀"一声,小恒家的屋门开了一条缝,小恒蹑手蹑脚地钻出来。

"有蜻蜓吗?"

"多着呢!"

小恒屁也不懂,光知道蜻蜓,他甚至都没注意珊珊在干吗。

"都什么呀?"小恒一味地往树上看。

"至少有一只'老膏药'!"

"是吗?"

小恒又钻回屋里,出来时得意地举着一小团面筋。于是我们就去捉蜻蜓了。一根竹竿,顶端放上那团面筋,竹竿慢慢升上去,对准"老膏药",接近它时要快要准,要一下子把它粘住。然而可惜,"老膏药"聪明透顶,珊珊跳得如火如荼它且不醒,我的手稍稍一抖它就知道,立刻飞得无影无踪。

珊珊幸灾乐祸。珊珊让我们滚开。

"要不看你就滚一边儿去,到时候我还得上台哪,是正式演出。"

她说的是"你",不是"你们",这话听来怎么让我飘飘然有些欣慰呢?不过我们不走,这地方又不单是你家的!那天也怪,老海棠树上的蜻蜓特别多。珊珊只好自己走开。珊珊到大门洞里去跳,把院门关上。我偶尔朝那儿望一眼,门洞里幽幽暗暗,看不清珊珊高兴还是生气,唯一缕无声的雪白飘上飘下,忽东忽西。

那个中午出奇的安静。我和小恒全神贯注于树上的蜻蜓。

忽然,一声尖叫,随即我闻到了一股什么东西烧焦了的味。只见珊珊飞似的往家里跑,然后是她的哭声。我跟进去。床上一块黑色的烙铁印,冒着烟。院子里的人都醒了,都跑来看。掀开床单,褥子也煳了,揭开褥子,毡子也黑了。有人赶紧舀一碗水泼在床上。

"熨什么呢你呀?"

"裙子,我的连……连衣裙都给了。"珊珊抽咽着说。

"咳,熨完就忘了把烙铁拿开了,是不是?"

珊珊点头,眼巴巴地望着众人,期待或可有什么解救的办法。

　　"没事儿你可熨它干吗?你还不会呀!"

　　"一开学我……我就得演出了。"

　　"不行了,褥子也许还凑合用,这床单算是完了。"

　　珊珊立刻嚎啕。

　　"别哭了,哭也没用了。"

　　"不怕,回来跟你阿姨说清楚,先给她认个错儿。"

　　"不哭了珊珊,不哭了,等你阿姨回来,我们大伙儿帮你说说(情)。"

　　可是谁都明白,珊珊是躲不过一顿好打了。

　　这是一个传统得不能再传统的故事。"阿姨"者,珊珊的继母。

　　珊珊才到这个家一年多。此前好久,就有个又高又肥的秃顶男人总来缠着那个"阿姨"。说缠着,是因为总听见他们在吵架,一宿一宿地吵,吵得院子里的人都睡不好觉。可是,吵着吵着忽然又听说他们要结婚了。这男人就是珊珊的父亲。这男人,听说还是个什么长。这男人我不说他胖而说他肥,是因他实在并不太胖,但在夏夜,他摆两条赤腿在树下

记忆与印象

乘凉，粉白的肉颤呀颤的，小恒说"就像肉冻"，你自然会想起肥。据说珊珊一年多前离开的，也是继母。离开继母的家，珊珊本来高兴，谁料又来到一个继母的家。我问奶奶："她亲妈呢？"奶奶说："小孩儿，甭打听。""她亲妈死了吗？""谁说？""那她干吗不去找她亲妈？""你可不许去问珊珊，听见没？""怎么了？""要问，我打你。"我嬉皮笑脸，知道奶奶不会打。"你要是问，珊珊可就又得挨打了。"这一说管用，我想那可真是不能问了。我想珊珊的亲妈一定是死了，不然她干吗不来找珊珊呢？

草茉莉开了。夜来香也开了。满院子香风阵阵。下班的人陆续地回来了。炝锅声、炒菜声就像传染，一家挨一家地整个院子都热闹起来。这时有人想起了珊珊。"珊珊呢？"珊珊家烟火未动，门上一把锁。"也不添火也不做饭，这孩子哪儿去了？""坏了，八成是怕挨打，跑了。""跑了？她能上哪儿去呢？""她跟谁说过什么没有？"众人议论纷纷。我看他们既有担心，又有一丝快意——给那个所谓"阿姨"点颜色看，让那个亲爹也上点心吧！

奶奶跑回来问我："珊珊上哪儿了你知道不？"

"我看她是找她亲妈去了。"

众人都来围着我问:"她跟你说了?""她是这么跟你说的吗?""她上哪儿去找她亲妈,她说了吗?"

"要是我,我就去找我亲妈。"

奶奶喊:"别瞎说!你倒是知不知道她上哪儿了?"

我摇头。

小恒说看见她买菜去了。

"你怎么知道她是买菜去了?"

"她天天都去买菜。"

我说:"你屁都不懂!"

众人纷纷叹气,又纷纷到院门外去张望,到菜站去问,在附近的胡同里喊。

我也一条胡同一条胡同地去喊珊珊。走过老庙,走过小树林,走过轰轰隆隆的建筑工地,走过护城河,到了城墙边。没有珊珊,没有她的影子。我爬上城墙,喊她,我想这一下她总该听见了。但是晚霞淡下去,只有晚风从城墙外吹过来。不过,我心里忽然有了一个想法。

我下了城墙往回跑,我相信我这个想法一定不会错。我使劲跑,跑过护城河,跑过工地,跑过树林,跑过老庙,跑过一条又一条胡同,我知道珊珊会上哪儿,我相信没错她肯定在那儿。

小学校。对了,她果然在那儿。

操场上空空旷旷,操场旁一点雪白。珊珊坐在花坛边,抱着肩,蜷起腿,下巴搁在膝盖上,晚风吹动她的裙裾。

"珊珊!"我叫她。

珊珊毫无反应。也许她没听见?

"珊珊,我猜你就在这儿。"

我肯定她听见了。我离她远远地坐下来。

四周有了星星点点的灯光。蝉鸣却是更加地热烈。

我说:"珊珊,回家吧。"

可我还是不敢走近她。我看这时候谁也不敢走近她。就连她的"阿姨"也不敢。就连她亲爹也不敢。我看只有她的亲妈能走近她。

"珊珊,大伙儿都在找你哪。"

在我的印象里,珊珊站起来,走到操场中央,摆一个姿势，翩翩起舞。

四周已是万家灯火。四周的嘈杂围绕着操场上的寂静、空旷，还有昏暗，唯一缕白裙鲜明，忽东忽西，飞旋、飘舞……

"珊珊回去吧。""珊珊你跳得够好了。""离开学还有好几天哪，珊珊你就先回去吧。"我心里这样说着，但是我不敢打断她。

月亮爬上来，照耀着白色的珊珊，照耀她不停歇的舞步；月光下的操场如同一个巨大的舞台。在我的愿望里，也许，珊珊你就这么尽情尽意地跳吧，别回去，永远也不回去，但你要跳得开心些，别这么伤感，别这么忧愁，也别害怕。你用不着害怕呀珊珊，因为，因为再过几天你就要上台去表演这个节目了，是正式的……

但是结尾，是这个故事最为悲惨的地方：那夜珊珊回到家，仍没能躲过一顿暴打。而她不能不回去，不能不回到那个继母的家。因为她无处可去。

因而在我永远的童年里，那个名叫珊珊的女孩一直都在跳舞。那件雪白的连衣裙已经熨好了，雪白的珊珊所以能

记忆与印象

够飘转进明亮,飘转进幽暗,飘转进遍地树影或是满天星光……这一段童年似乎永远都不会长大,因为不管何年何月,这世上总是有着无处可去的童年。

四周树影沙沙，幕边云移月走，剧中的危惧融入夜空，仿佛满天都是凶险，风中处处阴谋。

《看电影》

5·小恒

我小时候住的那个院子里,只小恒和我两个男孩。我大小恒四岁,这在孩子差得就不算少,所以小恒总是追在我屁股后头,是我的"兵"。

我上了中学,住校,小恒平时只好混在一干女孩子中间。她们踢毽他也踢毽,她们跳皮筋他也跳皮筋,她们用玻璃丝编花,小恒便劝了这个劝那个,劝她们不如还是玩些别的。周末我从学校回来,小恒无论正跟女孩们玩着什么,必立即退出,并顺便表现一下男子汉的优越:"唉这帮女的,真笨!"女孩们当然就恨恨地骂,威胁说:"小恒你等着,看明天他走了你跟谁玩!"小恒已经不顾,兴奋地追在我身后,汇报似的把本周院里院外的"新闻"向我细说一遍。比如谁家的猫丢了,可同时谁家又飘出炖猫肉的香味。我说:"炖猫肉有什么特别的香味儿吗?"小恒挠挠后脑勺,把这个问题跳过去,又说起谁家的山墙前天夜里塌了,幸亏是往外塌的,差一点儿就往里塌,那样的话这家人就全完了。我说:"怎么看出差一点儿就往里塌呢?"小恒再挠挠后脑勺,把这个问题也跳过去,又说起某某的爷爷前几天死了,有个算命的算得那叫准,说那老头要是能挺到开春就是奇迹,否则一定熬不过这个冬天。我忍不住大笑。小恒挠着后脑勺,半天才想明白。

小恒长得白白净净,秀气得像个女孩。小恒妈却丑,脸又黑。邻居们猜小恒一定是像父亲,但谁也没见过他父亲。邻居中曾有人问过:"小恒爸在哪儿工作?"小恒妈啰里啰嗦,顾左右而言他。这事促成邻居们长久的怀疑和想象。

小恒妈不识字,但因每月都有一张汇票按时寄到,她所以认得自己的姓名;认得,但不会写,看样子也没打算会写,凡需签名时她一律用图章。那图章受到邻居们普遍的好评——象牙的,且有精美的雕刻和镶嵌。有回碰巧让个退休的珠宝商看见,老先生举着放大镜瞅半天,神情渐渐肃然。

老先生抬眼再看图章的主人，肃然间又浮出几分诧异，然后恭恭敬敬把图章交还小恒妈，说："您可千万收好了。"

小恒妈多有洋相。有一回上扫盲课，老师问："锄禾日当午，下一句什么？"小恒妈抢着说："什么什么什么土。""谁知盘中餐？""什么什么什么苦。"又一回街道开会，主任问她："'三要四不要'（一个卫生方面的口号）都是什么？"小恒妈想了又想，身上出汗。主任说："一条就行。"小恒妈道："晚上要早睡觉。"主任忍住笑再问："那，不要什么呢？""不要加塞儿，要排队。"

一九六六年春，大约就在小恒妈规规矩矩排队购物之时，"文化革命"已悄悄走近。我们学校最先闹起来，在教室里辩论，在食堂里辩论，在操场上辩论——清华附中是否出了修正主义？我觉得这真是无稽之谈，清华附中从来就没走错过半步社会主义。辩论未果，六月，正要期末考试，北大出事了，北大确凿是出了修正主义。于是停课，同学们都去北大看大字报；一路兴高采烈——既不用考试了，又将迎来暴风雨的考验！未名湖畔人流如粥。看呀，看呀，我心里渐渐地郁闷——看来我是修正主义"保皇派"已成定局，因而我是反动阶级的孝子贤孙也似无可非议。唉唉！暴风雨呀暴风雨，从小就盼你,怎么你来了我却弄成这样?

　　有天下午回到家,坐着发呆,既为自己的立场懊恼,又为自己的出身担忧。这时小恒来了,几个星期不见,他的汇报已经"以阶级斗争为纲"了。

　　"嘿,知道吗?珊珊她爸有问题!"

　　"谁说?"

　　"珊珊她阿姨都哭了。"

　　"这新鲜吗?"

　　"珊珊她爸好些天都没回家了。"

　　"又吵架了呗。"

　　"才不是哪,人家说他是修正主义分子。"

　　"怎么说?"

　　"说他是资产阶级生活方式。"

　　"那倒是,他不是谁是?"

　　"街东头的辉子,知道不?他家有人在台湾!"

　　"你怎么知道的?"

　　"还有北屋老头,几根头发还总抹油,抽的烟特高级,每根都包着玻璃纸!"

　　"雪茄都那样,你懂个屁!"

"9号的小文,她爸是地主。她爸叫什么你猜?徐有财。反动不反动?"

我不想听了:"小恒,你快成'包打听'了。"我想起奶奶的成分也是地主,想起我的出身到底该怎么算。那天我没在家多待,早早地回了学校。

学校里天翻地覆。北京城天翻地覆。全中国都出了修正主义!初时,阶级营垒尚不分明,我战战兢兢地混进革命队伍,也曾去清华园里造过一次反,到一个"反动学术权威"家里砸了几件摆设,毁了几双资产阶级色彩相当浓重的皮鞋。但不久,非"红五类"出身者便不可造反,我和几个不红不黑的同学便早早地做了逍遥派。随后,班里又有人被揭露出隐瞒了罪恶出身,我脸上竭力表现着愤怒,心里却暗暗地发抖。可什么人才会暗暗地发抖呢?耳边便响起一句话现成的解释:"让阶级敌人躲在阴暗的角落里发抖吧!"

再见小恒时,他已是一身的"民办绿"(自制军装,唯颜色露出马脚,就好比当今的假冒名牌,或当初的阿Q,自以为已是革命党)。我把他从头到脚看一遍,不便说什么,唯低头听他汇报。

"嘿不骗你,后院小红家偷偷烧了几张画,有一张上居然印着青天白日旗!"

"真的?"

"当然。也不知让谁看见给报告了,小红她舅姥爷这几天正扫大街哪。"

"是吗?"

"西屋一见,吓得把沙发也拆了。沙发里你猜是什么?全是烂麻袋片!"

四周比较安静。小恒很是兴奋。

"听说后街有一家,红卫兵也不是怎么知道的,从他们家的箱子里翻出一堆没开封的瑞士表,又从装盐的坛子里找出好些金条!"

"谁说的?"

"还用谁说?东西都给抄走了,连那家的大人也给带走了。"

"真的?"

"骗你是孙子。还从一家抄出了解放前的地契呢!那家的老头老太太跪在院子里让红卫兵抽了一顿皮带,还说要送他们回原籍劳改去呢。"

小恒的汇报轰轰烈烈,我听得胆战心惊。

那天晚上,母亲跟奶奶商量,让奶奶不如先回老家躲一躲。奶奶悄然落泪。母亲说:"先躲过这阵子再说,等没事了就接您回来。"我真正是躲在角落里发抖了,不敢再听,溜出家门,心里乱七八糟地在街上走,一直走回学校。

几天后奶奶走了。母亲来学校告诉我:奶奶没受什么委屈,平平安安地走了。我松了一口气。但即便在那一刻,我也知道,这一口气是为什么松的。良心,其实什么都明白。不过,明白,未必就能阻止人性的罪恶。多年来,我一直躲避着那罪恶的一刻。但其实,那是永远都躲避不开的。

母亲还告诉我,小恒一家也走了。

"小恒?怎么回事?"

"从他家搜出了几大箱子绸缎,还有银元。"

"怎么会?"

"完全是偶然。红卫兵本来是冲着小红的舅姥爷去的,然后各家看看,就在小恒家翻出了那些东西。"

几十匹绫罗绸缎,色彩缤纷华贵,铺散开,铺得满院子

记忆与印象

都是,一地金光灿烂。

小恒妈跪在院子中央,面如土灰。

银元一把一把地抛起来,落在柔软的绸缎上,沉甸甸的但没有声音。

接着是皮带抽打在皮肉上的震响,先还零碎,渐渐地密集。

老海棠树的树荫下,小恒妈两眼呆滞一声不吭,皮带仿佛抽打着木桩。

红卫兵愤怒地斥骂。

斥骂声惊动了那一条街。

邻居们早都出来,静静地站在四周的台阶下。

街上的人吵吵嚷嚷地涌进院门,然后也都静静地站在四周的台阶下。

有人轻声问:"谁呀?"

没人回答。

"小恒妈,是吗?"

没人理睬。

小恒妈哀恐的目光偶尔向人群中搜寻一回,没人知道她在找什么。

没人注意到小恒在哪儿。

没人还能顾及小恒。

是小恒自己出来的。他从人群里钻出来。

小恒满面泪痕,走到他妈跟前,接过红卫兵的皮带,"啪!啪啪!啪啪啪……"那声音惊天动地。

连那几个红卫兵都惊呆了。在场的人后退一步,吸一口凉气。

小恒妈一如木桩,闭上双眼,倒似放心了的样子。

"啪!啪啪!啪啪啪……"

没人去制止。没人敢动一下。

直到小恒手里的皮带掉落在地,掉落在波浪似的绸缎上。

小恒一动不动地站着。小恒妈一动不动地跪着。

老海棠树上,蜻蜓找到了午间的安歇地。一只蝴蝶在院中飞舞。蝉歌如潮。

很久,人群有些骚动,无声地闪开一条路。

警察来了。

绫罗绸缎扔上卡车,小恒妈也被推上去。

小恒这才哭喊起来:"我不走,我不走!哪儿也不去!我一个人在北京!"

在场的人都低下头,或偷偷叹气。

一个老民警对小恒说:"你还小哇,一个人哪儿行?"

"行!我一个人行!要不,大妈大婶我跟着你们行不?跟着你们谁都行!"

是人无不为之动容。

这都是我后来听说的。

再走进那个院子时,只见小恒家的门上一纸封条、一把大锁。

老海棠树已然枝枯叶落。落叶被阵阵秋风吹开,堆积到四周的台阶下,就像不久前屏息颤栗的人群。

家里,不见了奶奶,只有奶奶的针线笸箩静静地躺在床上。

我的良心仍不敢醒。但那孱弱的良心,昏然地能够看见奶奶独自走在乡间小路上的样子。还能看见:苍茫的天幕下走着的小恒,前面不远,是小恒妈踽踽而行的背影。或者还能看见:小恒紧走几步,追上母亲,母亲一如既往搂住他弱小且瑟缩的肩膀。荒风落日,旷野无声。

6·老海棠树

如果可能,如果有一块空地,不论窗前屋后,要是能随我的心愿种点儿什么,我就种两棵树。一棵合欢,纪念母亲。一棵海棠,纪念我的奶奶。

奶奶,和一棵老海棠树,在我的记忆里不能分开;好像她们从来就在一起,奶奶一生一世都在那棵老海棠树的影子里张望。

老海棠树近房高的地方,有两条粗壮的枝丫,弯曲如一把躺椅,小时候我常爬上去,一天一天地就在那儿玩。奶奶在树下喊:"下来,下来吧,你就这么一天到晚待在上头不下来了?"是的,我在那儿看小人书,用弹弓向四处射击,甚至在那儿写作业,书包挂在房檐上。"饭也在上头吃吗?"对,在上头吃。奶奶把盛好的饭菜举过头顶,我两腿攀紧树丫,一个海底捞月把碗筷接上来。"觉呢,也在上头睡?"没错。四周是花香,是蜂鸣,春风拂面,是沾衣不染的海棠花雨。奶奶站在地上,站在屋前,老海棠树下,望着我;她必是羡慕,猜我在上头是什么感觉,都能看见什么。

但她只是望着我吗?她常独自呆愣,目光渐渐迷茫,渐渐空荒,透过老海棠树浓密的枝叶,不知所望。

春天,老海棠树摇动满树繁花,摇落一地雪似的花瓣。我记得奶奶坐在树下糊纸袋,不时地冲我叨唠:"就不说下来帮帮我?你那小手儿糊得多快!"我在树上东一句西一句地唱歌。奶奶又说:"我求过你吗?这回活儿紧!"我说:"我爸我妈根本就不想让您糊那破玩意儿,是您自己非要这么累!"奶奶于是不再吭声,直起腰,喘口气,这当儿就又呆呆地张望——从粉白的花间,一直到无限的天空。

或者夏天,老海棠树枝繁叶茂,奶奶坐在树下的浓荫里,又不知从哪儿找来了补花的活儿,戴着老花镜,埋头于床单或被罩,一针一线地缝。天色暗下来时她冲我喊:"你就不能劳驾去洗洗菜?没见我忙不过来吗?"我跳下树,洗菜,胡乱一洗了事。奶奶生气了:"你们上班上学,就是这么糊弄?"奶奶把手里的活儿推开,一边重新洗菜一边说:"我就一辈子得给你们做饭?就不能有我自己的工作?"这回是我不再吭声。奶奶洗好菜,重新捡起针线,从老花镜上缘抬起目光,又会有一阵子愣愣的张望。

有年秋天,老海棠树照旧果实累累,落叶纷纷。早晨,天还昏暗,奶奶就起来去扫院子,"唰啦——唰啦——"院子里的人都还在梦中。那时我大些了,正在插队,从陕北回来看她。那时奶奶一个人在北京,爸和妈都去了干校。那时奶奶已经腰弯背驼。"唰啦唰啦"的声音把我惊醒,赶紧跑出去:"您歇着吧我来,保证用不了三分钟。"可这回奶奶不要我帮。"唉,你呀!你还不懂吗?我得劳动。"我说:"可谁能看得见?"奶奶说:"不能那样,人家看不看得见是人家的事,我得自觉。"她扫完了院子又去扫街。"我跟您一块儿扫行不?""不行。"

这时我才明白,曾经她为什么执意要糊纸袋,要补花,不让自己闲着。有爸和妈养活她,她不是为挣钱,她为的是劳动。她的成分随了爷爷算地主。虽然我那个地主爷爷三十几岁就一命归天,是奶奶自己带着三个儿子苦熬过几十年。但人家说什么?人家说:"可你还是吃了那么多年的剥削饭!"这话让她无地自容。这话让她独自愁叹。这话让她几十年的苦熬忽然间变成屈辱。她要补偿这罪孽。她要用行动证明。证明什么呢?她想着她未必不能有一天自食其力。奶奶的心思我有点儿懂了:什么时候她才能像爸和妈那样,有一份名正言顺的工作呢?大概这就是她的张望吧,就是那老海棠树下屡屡的迷茫与空荒。不过,这张望或许还要更远大些——她说过:得跟上时代。

所以冬天,所有的冬天,在我的记忆里,几乎每一个冬天的晚上,奶奶都在灯下学习。窗外,风中,老海棠树枯干的枝条敲打着屋檐,摩擦着窗棂。奶奶曾经读一本《扫盲识字课本》,再后是一字一句地念报纸上的头版新闻。在《奶奶的星星》里我写过:她学《国歌》一课时,把"吼声"念成"孔声"。我写过我最不能原谅自己的一件事:奶奶举着一张报纸,小心地凑到我跟前:"这一段,你给我说说,到底什么意思？"我看也不看地就回答："您学那玩意儿有用吗？您以为把那些东西看懂，您就真能摘掉什么帽子？"奶奶立刻不语，唯低头盯着那张报纸，半天半天目光都不移动。我的心一下子收紧，但知已无法弥补。"奶奶。""奶奶！""奶奶——"我记得她终于抬起头时，眼里竟全是惭愧，毫无对我的责备。

但在我的印象里，奶奶的目光慢慢地离开那张报纸，离开灯光，离开我，在窗上老海棠树的影子那儿停留一下，继续离开，离开一切声响甚至一切有形，飘进黑夜，飘过星光，飘向无可慰藉的迷茫与空荒……而在我的梦里，我的祈祷中，老海棠树也便随之轰然飘去，跟随着奶奶，陪伴着她，围拢着她；奶奶坐在满树的繁花中，满地的浓荫里，张望复张望，或不断地要我给她说说："这一段到底是什么意思？"——这形象，逐年地定格成我的思念和我永生的痛悔。

7·孙姨和梅娘

柳青的母亲,我叫她孙姨,曾经和现在都这样叫。这期间,有一天我忽然知道了,她是三四十年代一位很有名的作家——梅娘。

最早听说她,是在一九七二年底。那时我住在医院,已是寸步难行;每天唯两个盼望,一是死,一是我的同学们来看我。同学们都还在陕北插队,快过年了,纷纷回到北京,每天都有人来看我。有一天,他们跟我说起了孙姨。

"谁是孙姨?"

"瑞虎家的亲戚,一个老太太。"

"一个特棒的老太太,五七年的右派。"

悠久的时光被悠久的虚无吞并

又以我生日的名义

卷土重来。

《重病之时》

"右派？"

"现在她连工作都没有。"

好在那时我们对右派已经有了理解。时代正走到接近巨变的时刻。

"她的女儿在外地，儿子病在床上好几年了。"

"她只能在外面偷偷地找点儿活儿干，养这个家，还得给儿子治病。"

"可是邻居们都说，从来也没见过她愁眉苦脸唉声叹气。"

"瑞虎说，她要是愁了，就一个人在屋里唱歌。"

"等你出了院，可得去见见她。"

"保证你没见过那么乐观的人。那老太太比你可难多了。"

我听得出来，他们是说"那老太太比你可坚强多了"。我知道，同学们在想尽办法鼓励我，刺激我，希望我无论如何还是要活下去。但这一回他们没有夸张，孙姨的艰难已经到了无法夸张的地步。

那时我们都还不知道她是梅娘，或者不如说，我们都还不知道梅娘是谁。我们这般年纪的人，那时对梅娘和梅娘的作品一无所知。历史常就是这样被割断着、湮灭着。梅娘好像从不存在。一个人,生命中最美丽的时光竟似消散得无影无踪。一个人丰饶的心魂,竟可以沉默到无声无息。

两年后我见到孙姨的时候,历史尚未苏醒。

某个星期天,我摇着轮椅去瑞虎家——东四六条流水巷,一条狭窄而曲折的小巷,巷子中间一座残损陈旧的三合院。我的轮椅进不去,我把瑞虎叫出来。春天,不冷了,近午时分阳光尤其明媚,我和瑞虎就在他家门前的太阳地里聊天。那时的北京处处都很安静,巷子里几乎没人,唯鸽哨声时远时近,或者还有一两声单调且不知疲倦的叫卖。这时,沿街墙,在墙阴与阳光的交界处,走来一个老太太,尚未走近时她已经朝我们笑了。瑞虎说这就是孙姨。瑞虎再要介绍我时,孙姨说:"甭了,甭介绍了,我早都猜出来了。"她嗓音敞亮,步履轻捷,说她是老太太实在是因为没有更恰当的称呼吧;转眼间她已经站在我身后抚着我的肩膀了。那时她五十多接近六十岁,头发黑而且茂密,只是脸上的皱纹又多又深,刀刻的一样。她问我的病,问我平时除了写写还干点儿什么。她知道我正在学着写小说,但并不给我很多具体的指点,只对我说:"写作这东西最是不能急的,有时候要等待。"倘是现在，我一定就能听出她是个真正的内行了。二十多年过去，现在要是让我给初学写作的人一点儿忠告，我想也是这句话。她并不多说的原因，还有，就是仍不想让人知道那个云遮雾罩的梅娘吧。

她跟我们说笑了一会儿，拍拍我的肩说"下午还有事，我得做饭去了"，说罢几步跳上台阶走进院中。瑞虎说，她刚在街道上干完活回来，下午还得去一户人帮忙呢。"帮什么忙？""其实就是当保姆。""当保姆？孙姨？"瑞虎说就这还得瞒着呢，所以她就到离家很远的地方去当保姆，越远越好，要不人家知道了她的历史，谁还敢雇她？

她的什么历史？瑞虎没说，我也不问。那个年代的人都懂得，话说到这儿最好止步。历史，这两个字，可能包含着任何你想得到和想不到的危险，可能给你带来任何想得到和想不到的灾难。一说起那个时代，就连"历史"这两个字的读音都会变得阴沉、压抑。以至于我写到这儿，再从记忆中去看那条小巷，不由得已是另外的景象——阳光暗淡下去，鸽子瑟缩地蹲在灰暗的屋檐上，春天的风卷起尘土，卷起纸屑，卷起那不死不活的叫卖声在小巷里流窜。倘这时有一两个伛背弓腰的老人在奋力地打扫街道，不用问，那必是"黑五类",比如右派,比如孙姨。

其实孙姨与瑞虎家并不是亲戚,孙姨和瑞虎的母亲是自幼的好友。孙姨住在瑞虎家隔壁,几十年中两家人过得就像一家。曾经瑞虎家生活困难,孙姨经常给他们援助,后来孙姨成了"右派",瑞虎的父母就照顾着孙姨的孩子。这两家人的情谊远胜过亲戚。

我见到孙姨的时候她的儿子刚刚去世。孙姨有三个孩子,一儿两女。小女儿早在她劳改期间就已去世。儿子和小女儿得的是一样的病,病的名称我曾经知道,现在忘了,总之在当时是一种不治之症。残酷的是,这种病总是在人二十岁上下发作。她的一儿一女都是活蹦乱跳地长到二十岁左右,忽然病倒,虽四处寻医问药,但终告不治。这样的母亲可怎么当啊!这样的孤单的母亲可是怎么熬过来的呀!这样的在外面受着歧视、回到家里又眼睁睁地看着一对儿女先后离去的母亲,她是靠着什么活下来的呢?靠她独自的歌声?靠那独自的歌声中的怎样的信念啊!我真的不敢想象,到现在也不敢问。要知道,那时候,没有谁能预见到"右派"终有一天能被平反啊。

如今，我经常在想起我的母亲的时候想起孙姨。我想起我的母亲在地坛里寻找我，不由得就想起孙姨：那时她在哪儿并且寻找着什么呢？我现在也已年过半百，才知道，这个年纪的人，心中最深切的祈盼就是家人的平安。于是我越来越深地感受到了我的母亲当年的苦难，从而越来越多地想到孙姨的当年，她的苦难唯加倍地深重。

我想，无论她是怎样一个坚强而具传奇色彩的女性，她的大女儿一定是她决心活下去并且独自歌唱的原因。

她的大女儿叫柳青。毫不夸张地说，她是我写作的领路人。并不是说我的写作已经多么好，或者已经能够让她满意，而是说，她把我领上了这条路，经由这条路，我的生命才在险些枯萎之际豁然地有了一个方向。

一九七三年夏天我出了医院，坐进了终身制的轮椅，前途根本不能想，能想的只是这终身制终于会怎样结束。这时候柳青来了。她跟我聊了一会儿，然后问我："你为什么不写点儿什么呢？我看你是有能力写点儿什么的。"那时她在长影当导演，于是我就迷上了电影，开始写电影剧本。用了差不

记忆与印象

多一年时间,我写了三万自以为可以拍摄的字,柳青看了说不行,说这离能够拍摄还差得远。但她又说:"不过我看你行,依我的经验看你肯定可以干写作这一行。"我看她不像是哄我,便继续写,目标只有一个——有一天我的名字能够出现在银幕上。我差不多是写一遍寄给柳青看一遍,直到有一天她告诉我:"这一稿真的不错,我给叶楠看了他也说还不错。"我记得这使我第一次有了自信,并且从那时起,彩蛋也不画了,外语也不学了,一心一意地只想写作了。

大约就是这时,我知道了孙姨是谁,梅娘是谁;梅娘是一位著名老作家,并且同时就是那个给人当保姆的孙姨。

又过了几年,梅娘的书重新出版了,她送给我一本,并且说"现在可是得让你给我指点指点了",说得我心惊胆战。不过她是诚心诚意这样说的。她这样说时,我第一次听见她叹气,叹气之后是短暂的沉默。那沉默中必上演着梅娘几十年的坎坷与苦难,必上演着中国几十年的坎坷与苦难。往事如烟,年轻的梅娘已是耄耋之年了,这中间,她本来可以有多少作品问世呀。

现在，柳青定居在加拿大。柳青在那儿给孙姨预备好了房子，预备好了一切，孙姨去过几次，但还是回来。那儿青天碧水，那儿绿草如茵，那儿的房子宽敞明亮，房子四周是果园，空气干净得让你想大口大口地吃它。孙姨说那儿真是不错，但她还是回来。

她现在一个人住在北京。我离她远，又行动不便，不能去看她，不知道她每天都做些什么。有两回，她打电话给我，说见到一本日文刊物上有评论我的小说的文章，"要不要我给你翻译出来？"再过几天，她就寄来了译文，手写的，一笔一画，字体工整，文笔老到。

瑞虎和他的母亲也在国外。瑞虎的姐姐时常去看看孙姨，帮助做点儿家务事。我问她："孙姨还好吗？"她说："老了，到底是老了呀，不过脑子还是那么清楚，精神头旺着呢！"

8·M 的故事

多年以前,一个夏天的中午,阵雨之后阳光尤其灿烂,在花园里,一群孩子跳跳唱唱地像往常那样游戏。

有个七岁的小姑娘,M,正迷恋着写字;她蹲在路旁的水洼边,用手指蘸着雨水,在已经干燥的路面上写她刚刚学会的字。可能是写不好,也可能是写到一半,字迹就让炽热的阳光吸干了,小姑娘有些扫兴。她离开那儿。

走到树荫下的一道矮墙边,她已经又快乐起来。她爬上矮墙。

她坐在矮墙上荡着双腿,欣赏她的糖纸,一张张地翻看,把最暗淡的排在最后,在最可心的上面亲一下。可能是那矮墙还有些潮湿,很凉,她想换个姿势蹲着。但这过程中她发现站在矮墙上的感觉其实更好,蹲下了又站起来。高高地站在那矮墙上,没来由地让她兴奋,她喊:"嘿——看我呀你们!"

孩子们都驻步看她,向她仰起羡慕的笑脸。大概是这感觉让她有所联想,七岁的小姑娘整理一下衣裙,快乐地宣布:"我是毛主席!"

孩子们似乎也都激动,仰起着笑脸向她围拢。

但是,一个个笑脸忽然僵滞,笑容慢慢收敛。

因为有个声音说:"M,你反动!"

整整那一个夏天,M的全家都在担忧。

尤其傍晚,窗外,院子里,孩子们依旧唱唱跳跳地玩耍;忽不知是谁想起了M,想起了她的"罪行",或是想起了"声讨"的快乐,于是乎孩子们齐声地喊:"M,反动!M,反动!M,反动……"虽不过是孩子们别出心裁的游戏,M全家却听得胆战心惊。

全家人唯低头吃着晚饭,谁也不说话。

"反动!反动!反动……"那声音随晚风一浪一浪飘进家中,撞上屋中的死寂,一声声都似尖厉,拖着空旷的回音。

晚饭草草结束。

洗碗的声音轻得不能再轻。

随后,家里的灯都熄掉。

月光开始照耀。"声讨"仍在继续。

全家人这儿一个那儿一个坐在月影里,默默地听着,不去反驳,不去制止。爸和妈偶尔去窗边望望,只盼那孩童的游戏自生自灭,唯恐引得大人们当真。

主要的问题是,从那天起,没有人跟 M 玩了。

从那天开始,小姑娘 M 害怕起大喇叭的广播,怕广播中会出现她的名字。

那时候广播喇叭无处不在,吊在楼顶,悬在杆头,或藏在茂密的树冠里。

那个夏天剩下的日子,七岁的小姑娘常常独自走进花园,对着寂静的花草,对着飞舞的蜜蜂和蝴蝶,对着风,祈祷,对着太阳诉说自己的无辜,或忠诚。

"那天我错了,但我不是那样想的。"

"我真的不是那样想的,向毛主席保证!"

"我是怎么想的,毛主席他不会不知道。"

她听见蝉歌唱得悠然,平静,心想大概不会有什么事了。

她听见大喇叭里正播放着《大海航行靠舵手》,心想,看来不会有事了。

她知道,一般出事前总是播放"拿起笔做刀枪"那样的歌,歌一完,广播里就会说出一个人的名字,说他干了什么和说了什么,说他是反革命。可现在没有,现在并没播放那样的歌。是吗?再听听。没错儿,现在又播放样板戏了。

小姑娘长长地吐一口气,坐下,看天边的晚霞慢慢暗淡下去。

但是,没人跟她玩了。这才是真正的恐惧。

她盼望着有人来跟她玩。但她盼望的并不是游戏的快乐,而是孩子们能够转变对她的态度。这才是真正的疑难。

一颗七岁的心,正在学会着根据别人的脸色来判断自己的处境。

一颗七岁的心已经懂得,要靠赢得别人对你的好感,来改善自己的处境。

但是,有什么办法吗?

她想起家里还有一罐水果糖。无师自通,她有了一个小

记忆与印象

小的诡计：给孩子们发糖，孩子们就会来跟她玩了。每人发一块，他们就会重新喜欢她了。

爸和妈都不在家。她冲孩子们喊："喂——真的，我家有好多好多糖呢！"

糖罐放在柜顶上。她蹬着椅子，椅子上面再加个小板凳，孩子们围着她，向她仰起笑脸。她吃力地取下糖罐，心里又松一口气——本来还怕够不到那糖罐呢。

孩子们便跟她一起唱唱跳跳地玩了，像以前一样，唯比以前多出了一个目的。

"还有糖吗？"

"看，还多着呢。"

她再给每人都发一块。

孩子们慢慢忘记着"反动"的事，单记得那罐子里的糖果色彩繁多。

"我想再吃一块绿色的行吗？"

"紫色的，我还没吃过紫色的呢！"

又是每人一块。

那年月，糖果并不普通。所以爸爸把它放在了柜顶上。

但七岁的小姑娘已经顾不得糖果的珍贵了,唯在心里感动着它们的作用。

工间操,妈妈回来了,她让孩子们躲在床下。妈妈走了,她把孩子们放出来。她怕孩子们离开,再给每人发一块,她怕孩子们一离开就又会想起"反动"。

孩子们很快就摸出了一个诀窍——以"离开"相威胁,或以"再来"相引诱,就能够一次次得到糖果。

甚至到了傍晚,孩子们要回家了,走到门口又站住。

"再吃最后一块吧!"

"行,那你们明天还来吗?"

"要不两块吧,最后的。"

"明天你们还来,行吗?"

多年以后,小姑娘早已成年,我把我写的这个故事给她看。看罢,她沉吟许久,竟出人意料地说:好像不是这样——

"好像不这么简单。好像有什么地方,不大对。"

"哪儿?"我问,"什么地方不对?"

她说是结尾。"我给他们糖,不是想让他们不走,不是想让他们再来,而是想让他们快走吧。最后再给你们每人两块,我是想让他们别再来了。"

"为什么?你不是害怕没人跟你玩吗?"

"噢,是呀……"

"那,为什么又不想让他们再来?"

"噢,太久了真是太久了,我自己都有点儿忘了。"

她慢慢地踱步,慢慢地追忆:"因为,他们不走,他们就还会要。他们要是再来,我想他们一定还会要。可罐子里的糖,已经少了很多。"

"你是害怕妈妈发现?"

"不,我可能倒是希望她发现。她没发现,我心里反而难过。"

"最后呢,她发现了吗?"

"没有,她一直都没发现。"

"照理说她应该不难发现啊?"

"是呀。不过也许,她早就发现了。也许她是故意不发现的。"

9·B 老师

B 老师应该有六十岁了。他高中毕业来到我们小学时,我正上二年级。小学,都是女老师多,来了个男老师就引人注意。引人注意还因为他总穿一身褪了色的军装。我们还当他是转业军人,其实不是,那军装有可能是抗美援朝的处理物资。

因为那身军装,还因为他微微地有些驼背,很少有人能猜准 B 老师的年龄。"您今年三十几?"或者:"有四十吗,您?"甚至:"您面老,其实您超不过五十岁。"对此 B 老师一概以微笑作答,不予纠正。

他教我们美术、书法,后来又教历史。大概是因为年轻,且多才多艺,他又做了我们的大队总辅导员。

记忆与印象

自从他当了总辅导员,我记得,大队日过得开始正规:出旗,奏乐,队旗绕场一周,然后各中队报告人数,唱队歌,宣誓,各项仪式一丝不苟。队旗飘飘,队鼓咚咚,我们感到了从未有过的庄严。B老师再举起拳头,语气昂扬:"准备着,为共产主义事业而奋斗!"孩子们齐声应道:"时刻准备着!"那一刻蓝天白云,大伙儿更是体会了神圣与骄傲。

自从他当了总辅导员,大队室也变得整洁、肃穆。"星星火炬"挂在主席像的迎面。队旗、队鼓陈列一旁。四周的墙上是五颜六色的美术字,"好好学习天天向上"一类。我们几个大队委定期在那儿开会,既知重任在肩,却又无所作为。

B老师要求我们"深入基层",去各中队听取群众意见。于是乎,学习委员、劳动委员、文体委员、卫生委员,以及我这个宣传委员,一干人马分头行动。但群众的意见通常一致:没什么意见。

宣传委员负责黑板报。我先在版头写下三个美术字:黑板报(真是废话),再在周围画上花边。内容呢,无非是"好人好事""表扬与批评",以及从书上摘来的"雷锋日记",或从晚报上抄录的谜语。两块黑板,一周一期,都靠礼拜日休

几十年来，不止一次，我在梦中又穿过那条细长的小巷去找八子。

《八子》

息时写满。

春天，我们在校园里种花。同学们从家里带来种子，撒在楼前楼后的空地上。B老师钉几块木牌，写上字，插在松软的土地上：让祖国变成美丽的大花园。

秋天我们收获向日葵和蓖麻。虽然葵花瘦小，蓖麻子也只一竹篓，但仪式依然庄重。这回加了一项内容：由一位漂亮的女大队委念一篇献词。然后推选出几个代表，捧起葵花和竹篓，队旗引路，去献给祖国。祖国在哪儿？曾是我很久的疑问。

那时的日子好像过得特别饱满、色彩斑斓，仿佛一条充盈的溪水，顾自欢欣地流淌，绝不以为梦想与实际会有什么区别。

B老师也这样，算来那时他也只有二十一二岁，单薄的身体里仿佛有着发散不完的激情。

"五一"节演节目，他扮成一棵大树，我们扮成各色花朵。他站在我们中间，贴一身绿纸，两臂摇呀摇呀似春风吹拂，于是我们纷纷开放。他的嗓音圆润、高亢："啊，春天来了，山也绿了，水也蓝了。看呀孩子们，远处的浓烟那是什么?"花朵们回答:"是工厂里炉火熊熊!是田野上烧荒播种!是时代的车轮滚滚向前!""想想吧,桃花、杏花和梨花,你们要为这伟大的时代做些什么?""努力学习,健康成长,为人类贡献甘甜的果实!"

新年又演节目,这回他扮成圣诞老人——不知从哪儿借来一件老皮袄,再用棉花贴成胡子,脚下是一双红色的女式雨靴。舞台灯光忽然熄灭,再亮时圣诞老人从天而降。孩子们拥上前去。圣诞老人说:"猜猜孩子们,我给你们带来了什么礼物?"有猜东的,有猜西的,圣诞老人说:"不对都不对,我给你们送来了共产主义的宏伟蓝图!"——这台词应该说设计不俗,可是坏了,共产主义蓝图怎么是圣诞老人送来的呢?又岂可从天而降?在当时,大约学校里批评一下也就作罢,可据说后来,"文革"中,这台词与B老师的出身一联系,便成了他的一条大罪。

B老师的相貌,怎么说呢?在我的印象里有些混乱。倒不是说他长得不够有特点,而是因为众人多以为他丑——脖子过于细长,喉结又太突出;可我无论如何不能苟同。当然我也不能不顾事实一定说他漂亮,故在此问题上我态度暧昧。

比如"白鸡脖"这外号在同学中早有流传,但我自觉自愿地不听,不说,不笑。

实在有人向我问起他的相貌特征,我最多说一句"他很瘦"。

在我看来,他的脖子和他的瘦,再加上那身褪色的军装,使他显得尤其朴素;他的脖子和他的瘦,再加上他的严肃,使他显得格外干练;他的脖子和他的瘦,再加上他的微笑,又让他看起来特别厚道、谦和。

是的,B老师没有缺点——这世界上曾有一个少年就这么看。

我甚至暗自希望,学校里最漂亮的那个女老师能嫁给他。姑且叫她G吧。G老师教音乐,跟B老师年纪相仿,而且也是刚从高中毕业。这不是很好吗?G老师的琴弹得好,B老师的字写得好,G老师会唱歌,B老师会画画,这还有什么可说?何况G老师和B老师都是单身,都在北京没有家,都住在学校。至于相貌嘛,当然应该担心的还是B老师。

可是相貌有什么关系?男人看的是本事。B老师的画真是画得好,在当年的那个少年看来,他根本就是画家。他画雷

记忆与印象

锋画得特别像。他先画了一幅木刻风格的，这容易，我也画过。他又画了一幅铅笔素描的，这就难些，我画了几次都不成。他又画了一幅水粉的，我知道这有多难，一笔不对就全完，可是他画得无可挑剔。

他的宿舍里，一床、一桌、一个脸盆，此外就只有几管毛笔、一盒颜料、一大瓶墨汁。除了画雷锋，他好像不大画别的；写字也是写雷锋语录，行楷篆隶，写了贴在宿舍的墙上。同学中也有几个爱书法的，写了给他看。B老师未观其字先慕其纸："嗬，生宣！这么贵的纸我总共才买过两张。"

当年的那个少年一直想不懂，才华出众如B老师者，何以没上大学？我问他，他打官腔："雷锋也没上过大学呀，干什么不是革命工作？"我换个方式问："您本来是想学美术的吧？"他苦笑着摇头，终于说漏了："不，学建筑。"我曾以为是他家境贫困，很久以后才知道，是因为出身，他的出身坏得不是一点儿半点儿。

礼拜日我在学校写板报，常见他和G老师一起在盥洗室里洗衣服，一起在办公室里啃烧饼。可是有一天，我看见只剩了B老师一人，他坐办公桌前看书，认真地为自己改善着伙食——两个烧饼换成了一包点心。

"G老师呢?"

"回家了。"

"老家?"

"欸——"他伸手去接一块碎落的点心渣,故这"欸"字拐了一个弯。点心渣到底是没接住,他这才顾上补足后半句:"她在北京有家了。"

"她家搬北京来了?"

B老师笑了,抬眼看我:"她结婚了。"

G老师结婚了?跟谁?我自知这不是我应该问的。

B老师继续低头享受他的午餐。

可是,这就完了?就这么简单?那,B老师呢?我愣愣地站着。

B老师说:"板报写完了?"

"写完了。"

"那就快回家吧,不早了。"

多年以后我摇了轮椅去看B老师,听别的老师说起他的婚姻,说他三十几岁才结婚,娶了个农村妇女。

"生活嘛，当然是不富裕，俩孩子，一家四口全靠他那点儿工资。"

"不过呢，还过得去。"

"其实呀，曾经有个挺好的姑娘喜欢他，谈了好几年，后来散了。"

"为什么？唉，还说呢！人家没嫌弃他，他倒嫌弃了人家。女方出身也不算好，他说咱俩出身都不好将来可怎么办？他是指孩子，怕将来影响孩子的前途。"

"那姑娘人也好，长得也好，大学毕业。人家瞧上了你，你倒还有条件了！"

"那姑娘还真是瞧上他了，分手时哭得呀……"

"我们所有的老师都劝他，说出身有什么关系？你出身好？"

"你猜他说什么？他说，我要是出身好我干吗不娶她？"

"B老师呀，可真是聪明一世，糊涂一时。"

"要我说呀，他是聪明了一时，糊涂了一世！"

"也不知是赌气还是怎的，他就在农村找了一个。这个出身可真是好极了，几辈子的贫农，可是没文化，你说他们俩坐在一块儿能有多少话说？"

"他肯定还是忘不了先前那个姑娘。大伙儿有时候说起那姑娘,他就躲开。"

"不过现在他也算过得不错,老婆对他挺好,一儿一女也都出息。"

"B老师现在年年都是模范教师,区里的,市里的。"

七几年我见过他一回,那身军装已经淘汰,他穿一件洗得透明的"的确良",赤脚穿一双塑料凉鞋。

正是"批林批孔""批师道尊严"的年代。他站在楼前的花坛边跟我说话,一群在校的学生从旁走过,冲他喊:"白鸡脖,上课啦!"他和颜悦色地说:"上课了还不赶紧回教室?"我很想教训教训那帮孩子,B老师劝住我:"嗨没事,这算什么?"

八几年夏天我又见过他一回,"的确良"换成一件T恤衫,但还是赤脚穿一双塑料凉鞋。这一回,不管是学生还是老师,都恭恭敬敬地叫他B校长了。

"B校长,该走了!"有人催他。

"有个会,我得去。"他跳上自行车,匆匆地走了。

催他去开会的那个老师跟我闲聊。

"B校长入党了，知道吗？"

"怎么，他才入党呀？"在我的印象里B老师早就是党员了。

"是呀，想入党想了一辈子。B校长，好人哪！可世界找不着这么好的人！"

那老师说罢背起手，来回踱步，看天，看地，脸上轮换着有嘲笑和苦笑。

我听出他话里有话，问："怎么了？"

"怎么了？"他站住，"百年不遇，偏巧又赶上涨工资！"

"那怎么了，好事呀？"

"可名额有限，群众评选。你说现在这事儿邪不邪？有人说你老B既然入了党还涨什么工资？你不能两样儿全占着……"

这老师有点儿神经质，话没说完时已然转身撒步，招呼也不打，唯远远地在地上留下一口痰。

10·庄子

"庄子哎！回家吃饭嘞——"我记得，一听见庄子的妈这样喊，处处的路灯就要亮了。

很多年前，天一擦黑，这喊声必在我们那条小街上飘扬，或三五声即告有效，或者就要从小街中央一直飘向尽头，一声声再回来，飘向另一端。后一种情况多些，这时家家户户都已围坐在饭桌前，免不了就有人叹笑：瞧这庄子，多叫人劳神！有文化的人说：庄子嘛，逍遥游，等着咱这街上出圣人吧。不过此庄子与彼庄子毫无牵连，彼庄子的"子"读重音，此庄子的"子"发轻声。此庄子大名六庄。据说他爹善麻将，生他时牌局正酣，这夜他爹手气好，一口气已连坐五庄，此时有人来报："道喜啦，带把儿的，起个名吧。"他爹摸起一张牌，在鼻前闻闻，说一声："好，要的就是你！"话音未落把牌翻开，自摸和！六庄因而得名。

　　庄子上边俩哥俩姐。听说还有几个同父异母的哥姐，跟着自己的母亲住在别处。就是说，庄子他爹有俩老婆——旧社会的产物，但解放后总也不能丢了哪个不管。俩老婆生下一大群孩子。庄子他爹一个普通职员，想必原来是有些家底的，否则敢养这么多？后来不行了，家底渐渐耗尽了吧，庄子的妈——三婶，街坊邻居都这么叫她——便到处给人做保姆。

　　我不记得见过庄子的父亲，他住在另外那个家。三婶整天在别人家忙活，也不大顾得上几个孩子，庄子所以有了自由自在的童年。哥姐们都上学去了，他独自东游西逛。庄子长得俊，跟几个哥姐都不像。街坊邻居说不上多么喜欢他，但庄子绝不讨人嫌，他走到谁家就乐呵呵地在谁家玩得踏实，人家有什么活他也跟着忙，扫地，浇花，甚至上杂货铺帮人家买趟东西。人家要是说"该回家啦庄子，你妈找不着你该担心了"，他就离开，但不回家，唱唱跳跳继续他的逍遥游。小时候庄子不惹事，生性腼腆，懂规矩。三婶在谁家忙，他一个人玩腻了就到那家院门前朝里望,故意弄出一些声响;那家人叫他进来,他就跑。三婶说"甭理他,冻不着饿不着的没事儿",但还是不断朝庄子跑去的方向望。那家人要是说"庄子哎快过来,看我这儿有什么好吃的",庄子跑走一会儿就还回来,回来还是扒着院门朝里望,故意弄出些响声。倘那家人是诚心诚意要犒赏他,比如说抓一把糖给他,庄子便红了脸,一边说着"不要,我们家有",一边把目光转向三婶。三婶说"拿着吧,边儿吃去,别再来讨厌了啊",庄子就赶紧揪起衣襟,或撑开衣兜。有一回人家故意逗他:"不是你们家有吗,有了还要?"谁料庄子脸上一下子煞白,揪紧衣襟的手慢慢松开,愣了一会儿,扭头跑去再没回来。

庄子比我小好几岁,他上小学时我已经上中学;我上的是寄宿学校,每星期回家一天,不常看见他了。然后是"文革",然后是插队。

插队第一年冬天回北京,在电影院门前碰见了庄子。其时他已经长到跟我差不多高了,一身正宗"国防绿"军装,一辆锰钢车,脚上是白色"回力"鞋,那是当时最时髦的装束,狂,份儿。"份儿"的意思,大概就是有身份吧。我还没认出他,他先叫我了。我一愣,不由得问:"哪儿混的这套行头?"他"嘁"一声,岔开话茬儿:"买上票了?"我说人忒多,算了吧。正在上演的是《列宁在一九一八》,里面有几个《天鹅湖》中的镜头,引得年轻人一遍一遍地看,票于是难买。据说有人竟看到八遍,到后来不看别的,只看那几个镜头;估摸"小天鹅"快出来了才进场,举了相机等着,一俟美丽的大腿勾魂摄魄地伸展,黑暗中便是一片"喊里咔嚓"按动快门的声音。对"文革"中长大的一代人来说,这算得人体美的启蒙一课。庄子又问:"要几张?"我说:"你有富余的?"他摇摇头:"要就买呗。"我说:"谁挤得上去谁买吧,我还是拉倒。"庄子说:"用得着咱挤吗?等那群小子挤上了帮你买几张不得了?""哪群小子?"庄子朝售票口那边扬了扬下巴:"都是哥们儿的人。"售票口前正有一群"国防绿"横拥竖挤吆三喝四,我明白了,庄子是他们的头儿。我不由得再打量他,未来的庄子绝非蛮壮鲁莽的一类,当是英武、风流、有勇有谋的人物。"怎么着,没事跟咱们一块玩玩儿去?"他说。我没接茬儿,但我懂,这"玩玩"必是有异性参与的,或是要谋求异性参与的。

插队三年，又住了一年多医院，两条腿彻底结束了行程，我坐着轮椅再回到那条小街上，其时庄子正上高中。我找不到正式工作，在家待了些日子就到一家街道工厂去做临时工。那小工厂的事我不止一次写过：三间破旧的老屋里，一群老太太和几个残疾人整天趴在仿古家具上涂涂抹抹，画山水楼台，画花鸟鱼虫，画才子佳人，干一天挣一天的钱。我先是一天八毛，后来涨到一块。

老屋里阴暗潮湿，我们常坐到屋前的空地上去干活。某日庄子上学从那小工厂门前过，看见我，已经走过去了又调头回来，扶着我的轮椅叹道："甭说了哥，这可真他妈不讲理。"确实是甭说了，我无言以答。庄子又说："找他们去，不能这就算完了吧？""都找了，劳动局、知青办，没用。""操！丫怎么说？""人家说全须儿全尾儿的还管不过来呢。""哥，咱打丫的你说行不行？"我说："你先上学去吧，回头晚了。"他说："什么晚不晚的，那也叫上学？"大概那正是"批林批孔""批师道尊严"的时候。庄子挨着我坐下，从书包里摸出一包"大中华"。我说："你小子敢抽这个？"他说："人家给的，就两根儿了，正好。"我停下手里的活，陪他把烟抽完。烟缕随风飘散，我不记得我们还说了些什么。

记忆与印象

后来他站起来,把烟屁一捻,一弹,弹上屋顶,说一声"谁欺负你,哥,你说话",跳上自行车急慌慌地走了。

庄子走后,有个影子一歪一拧地凑过来,是鲇鱼。鲇鱼的大名叫得挺古雅,可惜记不得了,总之那样的名字后头若不跟着"先生"二字,似乎这名字就还没完。鲇鱼——这外号起得贴切,他挂着根拐杖四处流窜,影子似的总给人捉不住的感觉,而且此人好崇拜,他要是戴敬谁就整天在谁身边絮叨个没完,黏得很。

鲇鱼说:"怎么着哥们儿,你也认识庄子?"我说是,多年的邻居,"你也认识他?"鲇鱼一脸的自豪:"那是,我们哥儿俩深了。再说了,这一带你打听打听去,庄子!谁不知道?"我问为什么?他踢踢庄子刚才扔掉的烟盒说:"瞧见没有,什么烟?"我心里一惊:"怎么,庄子他……拿人东西?""我操,哥们儿你丫想哪儿去了?庄子可不干那事。拂爷(北京土语:小偷)见了庄子,全他妈尿!""怎么呢?""这我不能跟你说。"不说拉倒,我故意埋头干活。我知道鲇鱼忍不住,不一会儿他又凑过来:"狂不狂看米黄,瞅见庄子穿的什么裤子没?米黄的毛哔叽!哪儿来的?""哪儿来的?""这我不能告诉你。""不说就一边儿去!""嘿别,别介呀。其实告诉你也没事,你跟庄子也是哥们儿,甭老跟别人说就行。""快说!""你想呀,三婶哪儿有钱给他买这个?拂爷那儿来的。操你丫真他妈老外!这么说吧,拂爷的钱反正也不是好来的,懂了吧?"我还是没太懂,拂爷的钱凭什么给庄子?"庄子给他们戳着。""戳着?""就是帮他们打架。""跟谁打,警察?""哥们儿存心是不?不跟你丫说了。""那你说跟谁打?""拂爷一个个尻头日脑的,想吃他们的人多了。打个比方说你是拂爷⋯⋯""你才是哪!""操,你丫怎恁爱急呀?我是说比方!比方你是个拂爷,要是有人欺负你跟你要钱呢?不是吹的,你提提庄子的大名就全齐了。""你是说六庄?""那还有假?谁不服?不服就找地方儿练练。""庄子,他能打架?"鲇鱼又是一脸的不屑:"那是!""没听说他有什么功夫呀?""嗜,俗话说了,软的怕硬的,硬的怕不要命的。""真是看不出来,庄子小时候蔫儿着呢。""操你丫老说小时候干吗?小时候你丫知道你丫现在这下场吗?""我说你嘴里干净点儿行不?""我操,我他妈说什么了?""听着,鲇鱼,你的话我信不信还两说着呢。""嘿,不信你看看庄子脑袋去,这儿,还有这儿,一共七针,不信你问问他那是怎

173

么回事。""怎么回事?""算了,反正你丫也不信。""说!""跟大砖打架留下的。""大砖是谁?""唉,看来真得给你丫上一课了。哥们儿什么烟?""'北海'的。""别噎死谁,你丫留着自个儿抽吧。"鲇鱼点起一支"香山"。

据鲇鱼说,庄子跟大砖在护城河边打过一架。他说:"大砖那孙子不是东西,要我也得跟丫磕。"据鲇鱼说,大砖曾四处散布,说庄子那身军装不是自己家的,是花钱跟别人买的,庄子他妈给人当保姆,他们家怎么可能有四个兜的军装(指军官的上衣)?大砖说花钱买的算个屁呀,小市民,假狂!这话传到了庄子耳朵里,鲇鱼说,庄子听了满脸煞白,转身就找大砖约架去了。大砖自然不能示弱,这种时候一夙,一世威名就全完了。鲇鱼说:"那时候大砖可比庄子有名,丫一米八六,又高又壮,手倍儿黑。"据他说,那天双方在护城河边拉开了阵势,天下着雨,大伙儿等了一阵子,可那雨邪了,越下越大。大砖说:"怎么着,要不改个日子?"庄子说:"甭,下刀子也是今儿!"于是两边的人各自退后十步,庄子和大砖一对一开练,别人谁也不许插手。鲇鱼说——

庄子问:"怎么练吧?"

我并不明确为什么要去找它,也许只是为了找回童年的某种感觉?

《庙的回忆》

大砖说:"我从来听对方的。"

庄子说:"那行!你不是爱用砖头吗?你先拍我三砖头,哪儿全行,三砖头我没趴下,再瞧我的。"庄子掏出一把刮刀,插在旁边的树上。

大砖说:"我操,哥们儿,砖头能跟刮刀比吗?"

庄子说:"要不咱俩调个过儿,我先拍你?"

大砖这时候就有点儿含糊。鲇鱼说:"丫老往两边瞅,准是寻思着怎么都够呛。"

庄子说:"嘿,麻利点儿。想省事儿也成,你当着大伙儿的面说一声,你那身皮是他妈狗脱给你的。"

大砖还是愣着,回头看他的人。鲇鱼说:"操这孙子一瞧就不行,丫也不想想,都这会儿了谁还帮得了你?"

庄子说:"怎么着倒是?给个痛快话儿,我可没那么多工夫陪你!"

大砖已无退路。他抓起一块砖头,走近庄子。庄子双腿叉开,憋一口气,站稳了等着他。鲇鱼说大砖真是厌了,谁都还没看明白呢,第一块就稀里糊涂拍在了庄子肩上。庄子胡噜胡噜肩膀,一道血印子而已。

庄子说:"哥们儿平时没这么臭吧?"

175

庄子的人就起哄。鲇鱼说:"这一哄,丫大砖好像才醒过闷儿来。"

第二块算是瞄准了脑袋,咔嚓一声下去,庄子晃了晃差点儿没躺下,血立刻就下来了。血流如注,加上雨,很快庄子满脸满身就都是血了。鲇鱼说:哥们儿你是没见哪,又是风又是雨的,庄哥们儿那模样儿可真够吓人的。

庄子往脸上抹了一把,甩甩,重新站稳了,说:"快着,还有一下。"

鲇鱼说行了,这会儿庄子其实已经赢了,谁狂谁厌全看出来了。鲇鱼说:"丫大砖一瞧那么多血,连抓住砖头的手都哆嗦了,丫还玩个屁呀。"

最后一砖头,据鲇鱼说拍得跟棉花似的,跟鴑儿屁似的。拍完了,庄子尚无反应,大砖自己倒先大喊一声。鲇鱼说:"那一声倒是惊天动地,底气倍儿足。"

庄子这才从树上拔下刮刀,说:"该我了吧?"

大砖退后几步。庄子把刀在腕子上蹭了蹭,走近大砖。双方的人也都往前走几步,屏住气。然后……鲇鱼说:"然后你猜怎么着?丫大砖又是一声喊,我操那声喊跟他妈娘们儿似的,然后这小子撒腿就跑。"

据说大砖一直跑进护城河边的树丛，直到看不见他的影子了还能听见他喊。

这就完了！鲇鱼说："大砖丫这下算是栽到底了，永远也甭想抬头了。"

庄子并不追，他知道已经赢了，比捅大砖一刀还漂亮。据说庄子捂住伤口，血从指头缝里不住地往外冒，他冲自己的人晃晃头说："走，缝几针呗。"

可是后来庄子跟我说："你千万别听鲇鱼那小子瞎嘞嘞。"

"瞎嘞嘞什么？"

"根本就没那些事。"

"没哪些事？"

"操，丫鲇鱼嘴里没真话。"

"那你头上这疤是怎么来的？"

"哦，你是说打架呀？我当什么呢！"

"怎么着，听你这话茬儿还有别的？"

"没有，真的没有。我也就是打过几回架，保证没别的。"

"那'大中华'呢？还有这裤子？"

"我操，哥你把我想成什么了？烟是人家给的，这裤子是我自己买的！"

"你哪儿来那么多钱？"

"哎哟喂哥，这你可是伤我了，向毛主席保证这是我一点儿一点儿攒了好几年才买的。妈的鲇鱼这孙子，我不把丫另一条腿也打瘸了算我对不住他！"

"没鲇鱼的事。真的，鲇鱼没说别的。"

庄子不说话。

"是我自己瞎猜的。真的，这事全怪我。"

庄子还是不说话，脸上渐渐白上来。

"你可千万别找鲇鱼去，你一找他，不是把我给卖了吗？"

庄子的脸色缓和了些。

"看我的面子，行不？"

"嗯。"庄子点上一支烟，也给我一支。

"说话算数？"

"操我就不明白了，我不就穿了条好裤子吗，怎么啦？招着谁了？合算像我们这样的家……操，我不说了。"

"像我们这样的家"——这话让我心里"咯噔"一下，觉着真是伤到他了。直到现在，我都能看见庄子说这话时的表情：沮丧，愤怒，几个手指捏得"嘎嘎"响。自他死后，这句话总在我耳边回荡、震响，日甚一日。

"没有没有，"我连忙说，"庄子你想哪儿去了？我是怕你，你……"

"我就是爱打个架哥你得信我，第一我保证没别的事，第二我绝不欺负人。"

"架也别打。"

"有时候由不得你呀哥，那帮孙子没事丫拱火！"

"离他们远点儿不行？"

我们不出声地抽烟。那是个闷热的晚上，我们坐在路灯下，一丝风都没有，树叶蔫蔫地低垂着。

"行，我听你的。从下月开始，不打了。"

"干吗下月？"

"这两天八成还得有点儿事。"

"又跟谁？什么事？"

"不能说，这是规矩。"

"不打了，不行？"

"不行，这回肯定不行。"

谁想这一回就要了庄子的命。

一九七六年夏天,庄子死于一场群殴。混战中不知是谁,一刀恰中庄子心脏。

那年庄子十九岁,或者还差一点儿不到。

最为流传的一种说法是:为了一个女孩。可鲇鱼说绝对没那么回事:"操我还不知道?要有也是雪儿一头热。"

雪儿也住在我们那条街上,跟庄子是从小的同学。庄子在时我没太注意过她,庄子死后我才知道她就是雪儿。

雪儿也是十九岁,这个季节的女孩没有不漂亮的。雪儿在街上坦然地走,无忧地笑,看不出庄子的死对她有什么影响。

庄子究竟为什么打那一架,终不可知。

庄子入殓时我见了他的父亲——背微驼,鬓花白,身材瘦小,在庄子的遗体前站了一会儿就离开了。

庄子穿的还是那件军装上衣,那条毛哔叽裤子。三婶说他就爱这身衣裳。

11·比如摇滚与写作

如今的年轻人不会再像六庄那样,渴慕的仅仅是一件军装,一条米黄色的哔叽裤子。如今的年轻人要的是名牌,比如鞋,得是"耐克""锐步""阿迪达斯"。大人们多半舍不得。家长们把"耐克"一类颠来倒去地看,说:"啥东西,值得这么贵?"他们不懂,春天是不能这样计算的。

我的小外甥没上中学时给什么穿什么,一上中学不行了,在"耐克"专卖店里流连不去。春风初动,我看他快到时候了。那就挑一双吧。他妈说:"拣便宜的啊!"可便宜的都那么暗淡、呆板,小外甥不便表达的意思是:怎么都像死人穿的?他挑了一双色彩最为张扬、造型最奇诡的,这儿一道斜杠,那儿一条曲线,对了,他说"这双我看还行"。大人们说:"这可哪儿好?多闹得慌!"他们又不懂了,春天要的就是这个,要的就是张扬。

大人们其实忘了,春天莫不如此,各位年轻时也是一样。曾经,军装就是名牌。六十年代没有"耐克",但是有"回力"。"回力"鞋,忘了吗?商标是一个张弓搭箭的裸汉;买得起和买不起它的人想必都渴慕过它。我还记得我为能有一双"回力",曾是怎样地费尽心机。有一天母亲给我五块钱,说:"脚上的鞋坏了,买双新的去吧。"我没买,五块钱存起来,把那双破的又穿了好久。好久之后母亲看我脚上的鞋怎么又坏了,"穿鞋呀还是吃鞋呀你?再买一双去吧。"母亲又给我五块钱。两个五块加起来我买回一双"回力"。母亲也觉出这一双与众不同,问:"多少钱?"我不说,只提醒她:"可是上回我没买。"母亲愣一下:"我问的是这回。"我再提醒她:"可这一双能顶两双穿,真的。"母亲瞥我一眼,但比通常的一瞥要延长些。现在我想,当时她心里必也是那句话:这孩子快到时候了。母亲把那双"回力"颠来倒去地看,再不问它的价格。料必母亲是懂得,世上有一种东西,其价值远远超过它的价格。这儿的价值,并不止于"物化劳动",还物化着春天整整一个季节的能量。

　　能量要释放，呼喊期待着回应，故而春天的张扬务须选取一种形式。这形式你别担心它会没有；没有"耐克"有"回力"，没有"回力"还会有别的。比如，没有"摇滚乐"就会有"语录歌"，没有"追星族"就会有"红卫兵"，没有耕耘就会有荒草丛生，没有春风化雨就会有沙尘暴，一个意思。春天按时到来，保证这颗星球不会死去。春风肆意呼啸，鼓动起狂妄的情绪，传扬着甚至是极端的消息，似乎，否则，冬天就不解冻，生命便难以从中苏醒。

　　你听那"摇滚乐"和"语录歌"都唱的什么？没有什么不同，你要忽略那些歌词直接去听春天的骚动，听它的不可压抑，不可一世，听它的雄心勃勃但还盲目。你看那摇滚歌手和语录歌群，同样的声嘶力竭，什么意思？春光迷乱！春光迷乱但绝不是胡闹，别用鄙薄的目光和嘴角把春天一笔勾销。想想亚当和夏娃走出伊甸园时的惊讶与好奇吧。想想那条魔魔道道的蛇，它的谗言，它的诱惑，在这繁华人世的应验吧。想想春风若非强劲，夏天的暴雨可怎样来临？想想最初的生命之火若非猛烈，如何能走过未来秋风萧瑟的旷野

（譬如一头极地的熊，或一匹荒原的狼）？因而想想吧，灵魂一到人间便被囚入有限的躯体，那灵魂原本就是多少梦想的埋藏，那躯体原本就是多少欲望的储备！

因而年轻的歌手没日没夜地叫喊，求救般地呼号。灵魂尚在幼年，而春天，生命力已如洪水般暴涨；那是幼小的灵魂被强大的躯体所胁迫的时节，是简陋的灵魂被豪华的躯体所蒙蔽的时节，是喑哑的灵魂被喧腾的躯体所埋没的时节。

万物生长，到处都是一样，大地披上了盛装。一度枯寂的时空，突然间被赋予了一股巨大的能量，灵魂被压抑得喘不过气来，欲望被刺激得不能安宁。我猜那震耳欲聋的摇滚并不是要你听，而是要你看。灵魂的谛听牵系得深远那要等到秋天，年轻的歌手目不暇接。现在是要你看，看这美丽的有形多么辉煌，看这无形的本能多么不可阻挡，看这天赋的才华是如何表达这一派灿烂春光。年轻的歌手把自己涂抹得标新立异，把自己照耀得光怪陆离，他是在说：看呀——我！

我？可我是谁？

我怎样了？我还将怎样？

我终于又能怎样呢？

先别这样问吧,这是春天的忌讳。虽不过是弱小的灵魂在角落里的暗自呢喃,但在春天,这是一种威胁,甚至侵犯。春天不理睬这样的问题,而秋天还远着呢!秋天尚远,这是春天的佳音,春天的鼓舞,是春风中最为受用的恭维。

所以你看那年轻的歌手吧,在河边,在路旁,在沸反盈天的广场,在烛光寂暗的酒吧,从夜晚一直唱到天明。歌声由惆怅到高亢,由枯疏到丰盈,由孤单而至张狂(但是得真诚)……终至于捶胸顿足,呼天抢地,扯断琴弦,击打麦克风(装出来的不算)。熬红了眼睛,眼睛里是火焰,喊哑了喉咙,喉咙里是风暴。用五彩缤纷的羽毛模仿远古,然后用裸露的肉体标明现代(倘是装出来的,春风一眼就能识别),用傲慢然后用匍匐,用嚣叫然后用乞求,甚至用污秽和丑陋以示不甘寂寞,与众不同……直让你认出那是无奈,是一匹牢笼里的困兽(这肯定是装不出来的)!——但,是什么,到底是什么被困在了牢笼?其实春天已有察觉,已经感到:我,和我的孤独。

我,将怎样?

我将投奔何方?

怎样,你才能看见我?我才能走近你?

那无奈,让人不忍袖手一旁。但只有袖手一旁。不过,慢慢地听吧,你能听懂,其实是那弱小的灵魂正在成长,在渴望,在寻求,年轻的歌手一直都在呼唤着爱情。从夜晚到天明一直呼唤着的都是:爱情。自古而今一切流传的歌都是这样:呼唤爱情。自古而今的春天莫不如此。被有形的躯体,被无形的本能,被天赋的才华困在牢笼里的,正是那呢喃着的灵魂,呢喃着,但还没有足够的力量。

于是,年轻的恋人四处流浪。

心在流浪。

春天,所有的心都在流浪,不管人在何处。

都在挣扎。

在河边。在桥上。在烦闷的家里,不知所云的字行间。在寂寞的画廊,画框中的故作优雅。阴云中有隐隐的雷声,或太阳里是无依无靠的寂静。在熙熙攘攘的街头,目光最为迷茫的那一个。

空空洞洞的午后。满怀希望的傍晚。在万家灯火之间脚步匆匆,在星光满天之下翘首四顾。目光洒遍所有的车站,看尽中年人漠然的脸——这帮中年人怎都那样儿?走过一盏盏街灯。数过十二个钟点。踩着自己的影子,影子伸长然后缩短,伸长然后缩短……一家家店铺相继打烊。到哪儿去了呀你?你这个混蛋!

(你这个冤家——自古的情歌早都这样唱过。)

细雨迷蒙的小街。细雨迷蒙的窗口。细雨迷蒙中的琴声。

直至深夜。

春风从不入睡。

一个日趋丰满的女孩。一个正在成形的男子。

但力量凶猛,精力旺盛,才华横溢一天二十四小时都是早晨八九点钟的太阳。

跟警察逗闷子。对父母撒谎。给老师提些没有答案的问题。在街上看人打架,公平地为双方数点算分。或混迹于球场,道具齐备,地地道道的"足球流氓"。

也把迷路的儿童送回家,但对那些家长没好气:"我叫什么?哥们儿这事可归你管?"或搀起摔倒在路边的老人,背他回家,但对那些儿女也没好气:"钱?那就一百万吧,哥们儿我也算发回财。"

不知道中年人怎都那样儿?

不知道中年人是不是都那样儿?

剩下的他们都知道。

一群鸽子,雪白,悠扬。一群男孩和女孩疯疯癫癫五光十色。

鸽子在阳光下的楼群里吟咏,徘徊。男孩和女孩在公路上骑车飞跑。

年年如此,天上地下。

太阳地里的老人闭目养神,男孩和女孩的事他了如指掌——除了不知道还要在这太阳底下坐多久,剩下的他都知道。

一个日趋丰满的女孩,一个正在成形的男子——流浪的歌手,抑或流浪的恋人——在瓢泼大雨里依偎伫立,在漫天大雪中相拥无语。

大雨和大雪中的春风,抑或大雨和大雪中的火焰。

老人躲进屋里。老人坐在窗前。老人看得怦然心动,看得嗒然若丧:我们过去多么规矩,现在的年轻人呀!

曾经的禁区,现在已经没有。

但,现在真的没有了吗?

亲吻,依偎,抚慰,阳光下由衷的袒露,月光中油然的嘶喊,一次又一次,呻吟和颤抖,鲁莽与温存,心荡神驰,但终至束手无策……

肉体已无禁区。但禁果也已不在那里。

倘禁果已因自由而失——"我拿什么献给你,我的爱人?"

春风强劲,春风无所不至,但肉体是一条边界——你还能走进哪里,还能走进哪里?肉体是一条边界,因而一次次心荡神驰,一次次束手无策。一次又一次,那一条边界更其昭彰。

无奈的春天,肉体是一条边界,你我是两座囚笼。

倘禁果已被肉体保释——"我拿什么献给你,我的爱人?"

所有的词汇都已苍白。所有的动作都已枯槁。所有的进入,无不进入荒茫。

一个日趋丰满的女孩,一个正在成形的男子,互相近在眼前但是:你在哪儿?

你在哪儿呀——

群山响遍回声。

群山响彻疯狂的摇滚,春风中遍布沙哑的歌喉。

记忆与印象

　　整个春天，直至夏天，都是生命力独享风流的季节。长风沛雨，艳阳明月，那时田野被喜悦铺满，天地间充斥着生的豪情，风里梦里也全是不屈不挠的欲望。那时百花都在交媾，万物都在放纵，蜂飞蝶舞、月移影动也都似浪言浪语。那时候灵魂被置于一旁，就像秋天尚且遥远，思念还未成熟。那时候视觉呈一条直线，无暇旁顾。

　　不过你要记得，春天的美丽也正在于此。在于纯真和勇敢，在于未通世故。

　　设若枝丫折断，春天唯努力生长。设若花朵凋残，春天唯含苞再放。设若暴雪狂风，但只要春天来了，天地间总会飘荡起焦渴的呼喊。我还记得一个伤残的青年，是怎样在习俗的忽略中，摇了轮椅去看望他的所爱之人。

　　也许是勇敢，也许不过是草率，是鲁莽或无暇旁顾，他在一个早春的礼拜日起程。摇着轮椅，走过融雪的残冬，走过翻浆的土路，走过滴水的屋檐，走过一路上正常的眼睛，那时，伤残的春天并未感觉到伤残，只感觉到春天。摇着轮椅，走过解冻的河流，走过湿润的木桥，走过满天摇荡的杨花，走过幢幢喜悦的楼房，那时，伤残的春天并未有什么卑

秋风，绝非肃杀之气，那是一群成长着的魂灵，成长着，由远而近一路壮大。

《比如摇滚与写作》

怯,只有春风中正常的渴望。走过喧嚷的街市,走过一声高过一声的叫卖,走过灿烂的尘埃,那时,伤残的春天毫无防备,只是越走越怕那即将到来的见面太过俗常……就这样,他摇着轮椅走进一处安静的宅区——安静的绿柳,安静的桃花,安静的阳光下安静的楼房,以及楼房投下的安静的阴影。

但是台阶!你应该料到但是你忘了,轮椅上不去。

自然就无法敲门。真是莫大的遗憾。

屡屡设想过她开门时的惊喜,一路上也还在设想。

便只好在安静的阳光和安静的阴影里徘徊,等有人来传话。

但是没人。半天都没有一个人来。只有安静的绿柳和安静的桃花。

那就喊她吧。喊吧,只好这样。真是大煞风景,亏待了一路的好心情。

喊声惊动了好几个安静的楼窗。转动的玻璃搅乱了阳光。你们这些幸运的人哪,竟朝夕与她为邻!

她出来了。

可是怎么回事?她脸上没有惊喜,倒像似惊慌:"你怎么来了?"

191

"啊老天,你家可真难找。"

她明显心神不定:"有什么事吗?"

"什么事?没有哇?"

她频频四顾:"那你……"

"没想到走了这么久……"

她打断你:"跑这么远干吗,以后还是我去看你。"

"嘻,这点儿路算什么?"

她把声音压得不能再低:"嘘——今天不行,他们都在家呢。"

不行?什么不行?他们?他们怎么了?噢……是了,就像那台阶一样你应该料到他们!但是忘了。春天给忘了。尤其是伤残,给忘了。

她身后的那个落地窗,里边,窗帷旁,有个紧张的脸,中年人的脸,身体埋在沉垂的窗帷里半隐半现。你一看他,他就埋进窗帷,你不看他,他又探身出现——目光严肃,或是忧虑,甚至警惕。继而又多了几道同样的目光,在玻璃后面晃动。一会儿,窗帷缓缓地合拢,玻璃上只剩下安静的阳光和安静的桃花。

你看出她面有难色。

"哦,我路过这儿,顺便看看你。"

你听出她应接得急切:"那好吧,我送送你。"

"不用了,我摇起轮椅来,很快。"

"你还要去哪儿?"

"不。回家。"

但他没有回家。他沿着一条大路走下去,一直走到傍晚,走到了城市的边缘,听见旷野上的春风更加肆无忌惮。那时候他知道了什么?那个遥远的春天,他懂得了什么?那个伤残的春天,一个伤残的青年终于看见了伤残。

看见了伤残,却摆脱不了春天。春风强劲也是一座牢笼,一副枷锁,一处炼狱,一条命定的路途。

盼望与祈祷。彷徨与等待。以至漫漫长夏,如火如荼。

必要等到秋天。

秋风起时,疯狂的摇滚才能聚敛成爱的语言。

在《我与地坛》里有这样一段话:

> 要是有些事我没说,地坛,你别以为是我忘了,我

什么也没忘。但是有些事只适合收藏,不能说,也不能想,却又不能忘。它们不能变成语言,它们无法变成语言,一旦变成语言就不再是它们了。它们是一片朦胧的温馨与寂寥,是一片成熟的希望与绝望,它们的领地只有两处:心与坟墓。比如说邮票,有些是用于寄信的,有些仅仅是为了收藏。

终于一天,有人听懂了这些话,问我:"这里面像似有个爱情故事,干吗不写下去?"

"这就是那个爱情故事的全部。"

在那座废弃的古园里你去听吧,到处都是爱情故事。到那座荒芜的祭坛上你去想吧,把自古而今的爱情故事都放到那儿去,就是这一个爱情故事的全部。

"这个爱情故事,好像是个悲剧?"

"你说的是婚姻,爱情没有悲剧。"

对爱者而言,爱情怎么会是悲剧?对春天而言,秋天是它的悲剧吗?

"结尾是什么?"

"等待。"

"之后呢?"

"没有之后。"

"或者说,等待的结果呢?"

"等待就是结果。"

"那,不是悲剧吗?"

"不,是秋天。"

夏日将尽。阳光悄然走进屋里,所有随它移动的影子都似陷入了回忆。那时在远处,在北方的天边,远得近乎抽象的地方,仔细听,会有些极细微的骚动正仿佛站成一排,拉开一线,嗡嗡嘤嘤跃跃欲试,那就是最初的秋风,是秋风正在起程。

近处的一切都还没有什么变化。人们都还穿着短衫,摇着蒲扇,暑气未消草木也还是一片葱茏。唯昆虫们似有觉察,迫于秋天的临近,低吟高唱不舍昼夜。

在随后的日子里,你继续听,远方的声音逐日地将有所不同:像在跳跃,或是谈笑,舒然坦荡阔步而行,仿佛歧路相遇时的寒暄问候,然后同赴一个约会。秋风,绝非肃杀之气,那是一群成长着的魂灵,成长着,由远而近一路壮大。

秋风的行进不可阻挡，逼迫得太阳也收敛了它的宠溺，于是乎草枯叶败落木萧萧，所有的躯体都随之枯弱了，所有的肉身都遇到了麻烦。强大的本能，天赋的才华，旺盛的精力，张狂的欲望和意志，都不得不放弃了以往的自负，以往的自负顷刻间都有了疑问。心魂从而被凸显出来。

秋天，是写作的季节。
一直到冬天。
呢喃的絮语代替了疯狂的摇滚，流浪的人从哪儿出发又回到了哪儿。
天与地，山和水，以至人的心里，都在秋风凛然的脚步下变得空阔、安闲。
落叶飘零。
或有绵绵秋雨。
成熟的恋人抑或年老的歌手，望断天涯。
望穿秋水。
望穿了那一条肉体的界线。
那时心魂在肉体之外相遇，目光漫漶得遥远。
万物萧疏，满目凋敝。强悍的肉身落满历史的印迹，天赋的才华闻到了死亡的气息，因而灵魂脱颖而出，欲望皈依了梦想。

本能，锤炼成爱的祭典——性，得禀天意。

细雨唏嘘如歌。

落叶曼妙如舞。

衰老的恋人抑或垂死的歌手，随心所欲。

相互摸索，颤抖的双手仿佛核对遗忘的秘语。

相互抚慰，枯槁的身形如同清点丢失的凭据。

这一向你都在哪儿呀——

群山再度响遍回声，春天的呼喊终于有了应答：

我，就是你遗忘的秘语。

你，便是我丢失的凭据。

今夕何年？

生死无忌。

秋天，一直到冬天，都是写作的季节。

一直到死亡。

一直到尘埃埋没了时间，时间封存了往日的波澜。

那时有一个老人走来喧嚣的歌厅，走到沸腾的广场，坐进角落,坐在一个老人应该坐的地方,感动于春风又至,又一代人到了时候。不管他们以什么形式,以什么姿态,以怎样的狂妄与极端,老人都已了如指掌。不管是怎样地嘶喊,怎样地奔突和无奈,老人知道那不是错误。你要春天也去谛听秋风吗?你要少男少女也去看望死亡吗?不,他们刚刚从那儿醒来。上帝要他们涉过忘川,为的是重塑一个四季,重申一条旅程。他们如期而至。他们务必要搅动起春天,以其狂热,以其嚣张,风情万种放浪不羁,而后去经历无数夏天中的一个,经历生命的张扬,本能的怂恿,爱情的折磨,以及才华横溢却因那一条肉体的界限而束手无策!以期在漫长夏天的末尾,能够听见秋风。而这老人,走向他必然的墓地。披一身秋风,走向原野,看稻谷金黄,听熟透的果实砰然落地,闻浩瀚的葵林掀动起浪浪香风。祭拜四季;多少生命已在春天夭折,已在漫漫长夏耗尽才华,或因伤残而熄灭于习见的忽略。祭拜星空,生者和死者都将在那儿汇聚,浩然而成万古消息。写作的季节,老人听见:灵魂不死——毫无疑问。

12・想念地坛

想念地坛，主要是想念它的安静。

坐在那园子里，坐在不管它的哪一个角落，任何地方，喧嚣都在远处。近旁只有荒藤老树，只有栖居了鸟儿的废殿颓檐、长满了野草的残墙断壁，暮鸦吵闹着归来，雨燕盘桓吟唱，风过檐铃，雨落空林，蜂飞蝶舞草动虫鸣……四季的歌咏此起彼伏从不间断。地坛的安静并非无声。

有一天大雾弥漫，世界缩小到只剩了园中的一棵老树。有一天春光浩荡，草地上的野花铺铺展展开得让人心惊。有一天漫天飞雪，园中堆银砌玉，有如一座晶莹的迷宫。有一天大雨滂沱，忽而云开，太阳轰轰烈烈，满天满地都是它的威光。数不尽的那些日子里,那些年月,地坛应该记得,有一个人,摇了轮椅,一次次走来,逃也似的投靠这一处静地。

一进园门,心便安稳。有一条界线似的,迈过它,只要一迈过它便有清纯之气扑来,悠远、浑厚。于是时间也似放慢了速度,就好比电影中的慢镜,人便不那么慌张了,可以放下心来把你的每一个动作都看看清楚,每一丝风飞叶动,每一缕愤懑和妄想,盼念与惶茫,总之把你所有的心绪都看看明白。

因而地坛的安静,也不是与世隔离。

那安静,如今想来,是由于四周和心中的荒旷。一个无措的灵魂,不期而至竟仿佛走回到生命的起点。

记得我在那园中成年累月地走,在那儿呆坐,张望,暗自地祈求或怨叹,在那儿睡了又醒,醒了看几页书……然后在那儿想:"好吧好吧,我看你还能怎样!"这念头不觉出声,如空谷回音。

谁?谁还能怎样?我,我自己。

我常看那个轮椅上的人,和轮椅下他的影子,心说我怎么会是他呢？怎么会和他一块儿坐在了这儿？我仔细看他，看他究竟有什么倒霉的特点，或还将有什么不幸的征兆，想看看他终于怎样去死，赴死之途莫非还有绝路？那日何日？我记得忽然我有了一种放弃的心情，仿佛我已经消失，已经不在，唯一缕轻魂在园中游荡，刹那间清风朗月，如沐慈悲。于是乎我听见了那恒久而辽阔的安静。恒久，辽阔，但非死寂，那中间确有如林语堂所说的，一种"温柔的声音，同时也是强迫的声音"。

　　我记得于是我铺开一张纸，觉得确乎有些什么东西最好是写下来。那日何日？但我一直记得那份忽临的轻松和快慰，也不考虑词句，也不过问技巧，也不以为能拿它去派什么用场，只是写，只是看有些路单靠腿（轮椅）去走明显是不够。写，真是个办法，是条条绝路之后的一条路。

　　只是多年以后我才在书上读到了一种说法：写作的零度。

　　《写作的零度》，其汉译本实在是有些磕磕绊绊，一些段落只好猜读，或难免还有误解。我不是学者，读不了罗兰·巴特的法文原著应当不算是玩忽职守。是这题目先就吸引了我，这五个字，已经契合了我的心意。在我想，写作的零度即生命的起点,写作由之出发的地方即生命之固有的疑难,写作之终于的寻求,即灵魂最初的眺望。譬如那一条蛇的诱惑,以及生命自古而今对意义不息的询问。譬如那两片无花果叶的遮蔽,以及人类以爱情的名义,自古而今的相互寻找。譬如上帝对亚当和夏娃的惩罚,以及万千心魂自古而今所祈盼着的团圆。

"写作的零度",当然不是说清高到不必理睬纷繁的实际生活,洁癖到把变迁的历史虚无得干净,只在形而上寻求生命的解答。不是的。但生活的谜面变化多端,谜底却似亘古不变,缤纷错乱的现实之网终难免编织进四顾迷茫,从而编织到形而上的询问。人太容易在实际中走失,驻足于路上的奇观美景而忘了原本是要去哪儿。倘此时灵机一闪,笑遇荒诞,恍然间记起了比如说罗伯-格里耶的《去年在马里昂巴》、比如说贝克特的《等待戈多》,那便是回归了"零度",重新过问生命的意义。零度,这个词真用得好,我愿意它不期然地还有着如下两种意思:一是说生命本无意义,零嘛,本来什么都没有;二是说,可平白无故地生命他来了,是何用意?虚位以待,来向你要求意义。一个生命的诞生,便是一次对意义的要求。荒诞感,正就是这样的要求。所以要看重荒诞，要善待它。不信等着瞧，无论何时何地，必都是荒诞领你回到最初的眺望，逼迫你去看那生命固有的疑难。

否则，写作，你寻的是什么根？倘只是炫耀祖宗的光荣，弃心魂一向的困惑于不问，岂不还是阿Q的传统？倘写作变成潇洒，变成了身份或地位的投资，它就不要嘲笑喧嚣，它已经加入喧嚣。尤其，写作要是爱上了比赛、擂台和排名榜，它就更何必谴责什么"霸权"？它自己已经是了。我大致看懂了排名的用意：时不时地抛出一份名单，把大家排比得就像是梁山泊的一百零八将，被排者争风吃醋，排者乘机拿走的是权力。可以玩味的是，这排名之妙，商界倒比文坛还要醒悟得晚些。

这又让我想起我曾经写过的那个可怕的孩子。那个矮小瘦弱的孩子，他凭什么让人害怕？他有一种天赋的诡诈——只要把周围的孩子经常地排一排座次，他凭空地就有了权力。"我第一跟谁好，第二跟谁好……第十跟谁好"和"我不跟谁好"，于是，欢欣者欢欣地追随他，苦闷者苦闷着还是去追随他。我记得，那是我很长一段童年时光中恐惧的来源，是我的一次写作的零度。生命的恐惧或疑难,在原本干干净净的眺望中忽而向我要求着计谋;我记得我的第一个计谋,是阿谀。但恐惧并未因此消散,疑难却因此更加疑难。我还记得我抱着那只用于阿谀的破足球,抱着我破碎的计谋,在夕阳和晚风中回家的情景……那又是一次写作的零度。零度,并不只有一次。每当你立于生命固有的疑难,立于灵魂一向的祈盼,你就回到了零度。一次次回到那儿正如一次次走进地坛,一次次投靠安静,走回到生命的起点,重新看看,你到底是要去哪儿?是否已经偏离亚当和夏娃相互寻找的方向?

想念地坛,就是不断地回望零度。放弃强力,当然还有阿谀。现在可真是反了——面要面霸,居要豪居,海鲜称帝,狗肉称王,人呢?名人、强人、人物。可你看地坛,它早已放弃昔日荣华,一天天在风雨中放弃,五百年,安静了;安静得草木葳蕤,生气盎然。土地,要你气熏烟蒸地去恭维它吗?万物,是你雕栏玉砌就可以挟持的?疯话。再看那些老柏树,历无数春秋寒暑依旧镇定自若,不为流光掠影所迷。我曾注意过它们的坚强,但在想念里,我看见万物的美德更在于柔弱。"坚强",你想吧,希特勒也会赞成。世间的语汇,可有什么会是强梁所拒?只有"柔弱"。柔弱是爱者的独信。

柔弱不是软弱，软弱通常都装扮得强大，走到台前骂人，退回幕后出汗。柔弱，是信者仰慕神恩的心情，静聆神命的姿态。想想看，倘那老柏树无风自摇岂不可怕？要是野草长得比树还高，八成是发生了核泄漏——听说契尔诺贝利附近有这现象。

我曾写过"设若有一位园神"这样的话，现在想，就是那些老柏树吧；千百年中，它们看风看雨，看日行月走人世更迭，浓荫中唯供奉了所有的记忆，随时提醒着你悠远的梦想。

但要是"爱"也喧嚣，"美"也招摇，"真诚"沦为一句时髦的广告，那怎么办？唯柔弱是爱愿的识别，正如放弃是喧嚣的解剂。人一活脱便要嚣张，天生的这么一种动物。这动物适合在地坛放养些时日——我是说当年的地坛。

回望地坛，回望它的安静，想念中坐在不管它的哪一个角落，重新铺开一张纸吧。写，真是个办法，油然地通向着安静。写，这形式，注定是个人的，容易撞见诚实，容易被诚实揪住不放，容易在市场之外遭遇心中的阴暗，在自以为是时回归零度。把一切污浊、畸形、歧路，重新放回到那儿去检查，勿使伪劣的心魂流布。

有人跟我说，曾去地坛找我，或看了那一篇《我与地坛》去那儿寻找安静。可一来呢，我搬家搬得离地坛远了，不常去了；二来我偶尔请朋友开车送我去看它，发现它早已面目全非。我想，那就不必再去地坛寻找安静，莫如在安静中寻找地坛。恰如庄生梦蝶，当年我在地坛里挥霍光阴，曾屡屡地有过怀疑：我在地坛吗？还是地坛在我？现在我看虚空中也有一条界线，靠想念去迈过它，只要一迈过它便有清纯之气扑面而来。我已不在地坛，地坛在我。

要是有些事我没说,

地坛,你别以为是我忘了